Ullstein

ZUM BUCH:

Unbeobachtet gehen in einem öden Landstrich von Texas sieben Angehörige eines außerirdischen Volkes nieder. Sie sind dazu verdammt, ihre Tage auf der Erde zu beschließen, denn der Planet ist für den interstellaren Verkehr gesperrt, da er im Einflußbereich der nichtmenschlichen Rhu'inn liegt, die jeden töten, der ihren Weg kreuzt. Doch außer den Gestrandeten befindet sich auch ein Beobachter ihres Volkes unerkannt auf der Erde, dessen Schicksal allerdings ebenso besiegelt scheint wie das der Gestrandeten, denn das FBI jagt sie als vermeintlich ausländische Agenten. Und ein geheimnisvoller Rhu'inn, der sich als Mensch getarnt hat, gelangt ebenfalls auf ihre Spur ...

ZUR AUTORIN:

Ihr Roman *Die Nebel von Avalon* machte Marion Zimmer Bradley zur internationalen Bestsellerautorin. Berühmt wurde die 1930 in den USA geborene Schriftstellerin jedoch bereits durch ihren *Darkover-Zyklus,* eine Romanserie über einen Planeten, dessen Bewohner (Nachkommen gestrandeter Raumfahrer von der Erde) die Technologien und die Machtansprüche ihrer terranischen Vettern ablehnen und aufgrund ihrer Geisteskräfte wahre Wunderdinge vollbringen. Auch in Deutschland gewinnen die *Darkover*-Romane immer mehr Anhänger.

MARION ZIMMER BRADLEY

Das silberne Schiff

ROMAN

Ullstein

ein Ullstein Buch
Nr. 23798
im Verlag Ullstein GmbH,
Frankfurt/M – Berlin
Titel der Originalausgabe:
Seven From The Stars
Aus dem Amerikanischen
von Uwe Anton

Ungekürzte Ausgabe

Umschlaggestaltung:
Theodor Bayer-Eynck
Illustration:
Silvia Christoph

Printed in Germany 1996
Gesamtherstellung:
Ebner Ulm
ISBN 3 548 23798 3

März 1996
Gedruckt auf alterungs-
beständigem Papier mit
chlorfrei gebleichtem Zellstoff

Die Deutsche Bibliothek –
CIP-Einheitsaufnahme

Bradley, Marion Zimmer:
Das silberne Schiff : Roman /
Marion Zimmer Bradley. [Aus
dem Amerikan. von Uwe Anton].
– Ungekürzte Ausg. – Frankfurt/M ;
Berlin : Ullstein, 1996
(Ullstein-Buch ; Nr. 23798)
ISBN 3-548-23798-3
NE: GT

Von derselben Autorin
in der Reihe
Moewig bei Ullstein:

Hasturs Erbe (63515)
Die Flüchtlinge des Roten
Mondes (63540)
Reise ohne Ende (63548)
Der verbotene Turm (63553)
Die Zeit der hundert
Königreiche (63584)
Landung auf Darkover (63653)
Zauberschwestern (63884)
Die Monde von Darkover (63883)
Herrin der Falken (63886)
Das Schwert des Chaos (63702)
Die Winde von Darkover (62803)
Das Zauberschwert (62807)
Die blutige Sonne (62822)
Rote Sonne über Darkover
(62827)
Die Schwarze Schwesternschaft
(62846)
Die zerbrochene Kette (62862)
Sharras Exil (62863)
Kräfte der Comyn (62851)
Die Weltenzerstörer (62855)
Freie Amazonen von Darkover
(62897)
Herrin der Stürme (62835)
Die Jäger des Roten Mondes
(63528)
Die Erben von Hammerfell
(62861)
Gildenhaus Thendara (62834)
Das Schwert des Aldones (62860)
Der Preis des Bewahrers (62892)
Die Welt der Marion Zimmer
Bradley (62864)

SONDERMELDUNG des Nachrichtendienstes des Galaktischen Zentrums, empfangen auf Dvaneth:

Das Raumschiff *Nordwind*, das Kolonisten zu einer abgelegenen Sonne im Spiralarm transportierte, ist implodiert.

Die Kontrollstelle, deren empfindliche Instrumente auf die selbstvernichtenden Implosionsaggregate reagieren, die aus offensichtlichen Gründen in allen Raumschiffen installiert sind, hat heute bestätigt, daß das Implosionsaggregat der *Nordwind* seinen Betrieb eingestellt hat.

Die Unglücksursache ist unbekannt. Man nimmt an, daß die *Nordwind* überraschend angegriffen und von einem von den Rhu'inn beherrschten Schiff mit Gefangennahme bedroht wurde, woraufhin die Mannschaft die Implosion ausgelöst hat, um zu verhindern, daß Schiff und Passagiere in die Hände der Rhu'inn fielen.

Die genaue Position der *Nordwind* zur Zeit ihrer Vernichtung ist nicht bekannt. Kein bewohnter Planet hat eine bemerkenswerte Massestörung auf seinen Energiedetektoren gemeldet. Wahrscheinlich ist die *Nordwind* bei dem Versuch, der Kaperung zu entgehen, beträchtlich von ihrem errechneten Kurs abgewichen und ins Gebiet der Gesperrten Planeten eingedrungen.

Wahrscheinlich hat es keine Überlebenden gegeben. Vor einer Implosion werden Rettungsboote nur dann ausgesetzt, wenn in ihrer Reichweite ein Planet entdeckt worden ist. Der schnelle Tod durch die Implosion ist für mögliche Überlebende gnädiger als ein langes Dahinsiechen, bei dem man im interstellaren Leerraum treibt. In diesem Abschnitt des Spiralarmes gibt es nur relativ wenige Sterne, und nur ein Bruchteil davon weist bewohnbare Planeten auf. Die Wahrscheinlichkeit, daß die Rettungsboote der

Nordwind in der Nähe eines dieser Planeten ausgesetzt wurden, ist astronomisch gering.

Besatzung und Passagiere der *Nordwind* sind daher rechtlich für tot erklärt worden.

1. Kapitel

»Beeilt euch, beeilt euch«, rief Reidel, »die Sprengkörper gehen fast sofort nach der Landung hoch! Schnappt euch die Sachen und lauft, aber beeilt euch!«

Noch benommen von der langen Qual des Bremsmanövers nach dem interstellaren Flug stolperte die Handvoll Überlebender die Stufen des Rettungsbootes hinab, das wie das Mutterschiff einen Selbstvernichtungsmechanismus aufwies, der spätestens nach der Landung implodieren würde, falls ihn ein Mannschaftsmitglied nicht schon zuvor aktiviert hatte.

In diesem Augenblick, da sie in das grelle, gelbe Sonnenlicht und auf die stauberfüllte, windumtoste Ebene hinaustraten, konnten sie einander zum erstenmal sehen. Sie verschwendeten keine Zeit, sich zu betrachten. Sie flohen über die sandige Einöde, die sich unter ihren tastenden Füßen zu heben und zu senken schien, und wurden verstreut wie Saatkörner, die eine unfühlbare Katastrophe versprengt hat. Hinter Reidel griff sich eine der Frauen an den Fuß, umklammerte den Knöchel und stürzte schwer in den Sand. Reidel half ihr nicht nur dringlich, sondern mit verzweifelter Hast hoch und schob sie voran.

»Das ist weit genug«, rief Reidel. »Werft euch flach auf den Boden! Runter mit euch!« Er blickte über die Schulter zurück und sah das kleine Schiff, das von ihrem kurzen, versengenden Sturz durch die Atmosphäre noch rotglühend war, zum ersten und letzten Mal.

Der alte Mann brach eher zusammen, als daß er fiel, und Reidel beugte sich über ihn und schob eine Hand in den Halsausschnitt seines Hemdes. Als er die Hand wieder zurückzog, war sie gerötet.

Die große Frau fiel neben ihnen auf die Knie. »Ist er ... tot?« stammelte sie.

»Nicht ganz.«

Die anderen hatten sich flach in den Sand geworfen, und Reidel konnte hören, daß einer von ihnen noch immer in heftigen Krämpfen weinte. Einzig die große Frau stand nun wieder aufrecht, wie zur Statue erstarrt, und blickte zum roten Pulsieren des Schiffes hinüber. Als Reidel sich vom ohnmächtigen Körper des alten Mannes erhob, erfaßte ihn die heftige Angst in ihren Augen; auch er blickte fast wie in Trance zu dem glühenden, pulsierenden, rubinroten Schein hinüber.

Dann bäumte sich das purpurne Gebilde auf und hob sich mit langsamer, fast gemächlicher Anmut himmelwärts. Reidel stieß einen Warnruf aus, warf sich nach vorn und zerrte die Frau unsanft zu Boden. Der Explosionsknall und der donnernde Ansturm der gepeinigten Luft wirbelten über die Einöde, während die Selbstvernichtungsaggregate vibrierten, zerrissen, verdampften und atomisierten. Ein purpurnes Leuchten loderte auf, wo gerade noch das Schiff gewesen war; es flackerte, wurde verweht und war verschwunden.

Auf dem Sand der fremden Welt blieb nichts zurück – bis auf etwas schweren, dunkelroten Staub, den der Wind noch nicht zerstäubt hatte.

»Nun«, sagte Reidel mit ungewöhnlich tiefer Stimme, »soviel also endgültig *dazu*.«

Er ließ die Frau los, die verwirrt und wie benommen davontaumelte, stand auf und sah sich um.

Eine flache, sandige Einöde erstreckte sich bis zum Horizont aus niedrigen Hügeln, die mit ein paar dunklen, kleinen Sträuchern gesprenkelt waren. Im Sand in ihrer Nähe wuchsen hier und da ein paar trockene, spärliche Grasbüschel, die von der langen Trockenheit schon ganz verdorrt waren. Er sah auch ein paar Dornenbüsche und niedrige, blattlose Bäume, die verkümmert, verwachsen und geschwärzt waren. Reidel runzelte die Stirn angesichts der trostlosen Szene. Eine kleine, dornige Pflanze wuchs direkt neben ihm; er bückte sich, berührte sie mit einem neugierigen Finger, und auf der Kuppe erschien ein Blutstropfen. Das Blatt war scharf wie eine Nadel.

An einem Rand des Himmels ging eine gelbrote Sonne entweder auf oder unter. Im Durcheinander der automatischen Landung hatten sie keine Gelegenheit gehabt, die Rotationsperiode des Planeten zu ermitteln oder überhaupt irgend etwas, das über die Feststellung hinausging, daß sie auf dem Planeten überleben konnten. Hätten die automatischen Meßgeräte des Schiffes nicht eine Temperaturspanne und eine Atmosphärenzusammensetzung gemessen, die menschliches Leben ermöglichte, hätten die Instrumente die Selbstvernichtungsanlage noch vor der Landung aktiviert. Und dann wären sie einen sehr schnellen und gnädigen Tod gestorben, ohne überhaupt zu wissen, daß sie sterben mußten.

Aber lebensermöglichend? Das konnte alles mögliche bedeuten, von den Eiswüsten auf Rigel II bis zu den vor Feuchtigkeit dampfenden Urwäldern auf Vialles – aber auch alles dazwischen!

Es war kalt, oder es kam dem Dvanethianer zumindest so vor. Ein scharfer, geruchloser Wind, der kleine, körnige Staubpartikel mit sich trug, wehte rastlos um sie herum. Der Himmel war ein häßliches Bläulichbraun, das am Horizont in einen Staubschleier überging, und durch diesen Staub wirkte die Sonne wie ein blutunterlaufenes, entflammtes Auge.

Reidel sah sich wieder um und zählte automatisch die Überlebenden. Die meisten von ihnen waren Fremde. Die Arbeit hatte ihn zu sehr beschäftigt, als daß er sich mit dem sozialen Leben der Passagiere hätte abgeben können. Aber er wußte ungefähr, wer sie waren.

Der alte Mann mit dem zerschmetterten Brustkorb war Kester; irgendein niedriger Offizier der Schiffsbesatzung. Sie hatten ihn gefunden, als er bewußtlos und blutend im Hangar des Rettungsbootes gelegen hatte, vom sich aufbäumenden Metall eines Risses im Gang, der Sekunden zuvor noch nicht dagewesen war, dorthin geschleudert.

Die dunkle, schlanke Frau, die noch auf dem Sand ausgestreckt lag, trug den Namen Cleta; Reidel wußte nur, daß sie der aristokratischen Telepathenkaste von Vialles angehörte, und selbst in der beengten Gemeinschaft eines Raumschiffes hielten sich die viallesischen Telepathen hochmütig von den anderen fern. Neben ihr schlug ein dunkler, stämmiger Junge, der gerade der Pubertät entwachsen war, halb benommen die Augen auf; den Kopf verbarg er noch in seinen Armen. Er war Arran, einer der Ingenieure zur Ausbildung im Randraum des Sternenschiffes.

Im Sand zusammengekauert hockte ein mißgebildeter Zwerg, das Gesicht in den Händen verborgen und blind für jeden anderen, bis auf seinen Schmerz. Er war Mathis – einer der zehn Telepathen, die man sorgfältig vor dem Kontakt mit dem geistigen Geschwätz der zusammengedrängten Menschen im Raumschiff abgeschirmt hatte. Wie alle seiner Art war er körperlich eine Ruine, entstellt und bucklig, und obwohl er noch jung an Jahren war, wies sein dunkles, fettiges Haar schon lange weiße Strähnen auf.

Zu seinen Füßen schirmte ein halbwüchsiges Albinomädchen, das sich auf die Knie erhoben hatte, ihre großen Augen vor dem starken Sonnenlicht ab. Dann kämpfte sie sich auf die Beine und warf einen einzigen Blick auf die leere, verkohlte Stelle, wo das Raumschiff gestanden hatte.

Die siebente und letzte der Überlebenden, eine junge, hochschwangere Frau, war bewußtlos ins Gras geschleudert worden. Sie lag dort noch immer, benommen von der Schockwelle, ohne sich zu bewegen. Das Albinomädchen ging langsam zu ihr, bückte sich und half der Schwangeren mit sanften Händen hoch.

»Hier, Linnit«, sagte es mit leiser, dünner Stimme, »willst du dir nicht unser neues Zuhause ansehen?«

Dann wandte es sich um und musterte Reidel mit einem

abschätzenden Blick. Es hatte ein kindliches Gesicht und den noch unreifen Körper eines Mädchens mit einer Kinderbluse; ihre großen Augen jedoch waren alles andere als kindlich. Sie waren viel zu weise, zu reif, zu traurig für ihre wenigen Jahre. Sie hatten die seltsame Färbung, die auf einen hyperempfindlichen Empathen hinwies, und Reidel schreckte vor der heftigen Weisheit und Leidenschaft dieser großen Augen zurück.

»Sie kenne ich doch«, sagte das Mädchen. »Sie sind Reidel. Sie haben sich um die Tiere gekümmert, nicht?«

Reidel nickte. Als ihm dann klar wurde, daß er sprechen oder an diesem närrischen Gelächter sterben mußte, das in ihm hochstieg – er hatte so viel Zeit und Mühe dafür aufgewandt, diese verdammten Tiere bei guter Gesundheit durch den interstellaren Raum zu transportieren –, sagte er: »Ich kenne dich natürlich, aber ich habe deinen Namen vergessen.«

»Dionie«, sagte das Kind. »Kennst du die anderen auch?«

Das schwangere Mädchen war jetzt auf den Beinen und versuchte wimmernd, sich die Dornen aus den Händen zu ziehen. Dionie nahm ihre geschundenen Finger in die ihren und zog die Stacheln vorsichtig heraus.

»Dies ist Linnit, Reidel, und das ist Cleta.«

Cleta setzte sich auf, warf ihr langes, aufgelöstes Haar zurück und zuckte zusammen, als sie die Hand bewegte. Arran stand auf und wandte sich Reidel zu.

»Wissen Sie, was passiert ist?«

Reidel schüttelte den Kopf. »Nein. Du etwa? Ich hatte Freiwache und schlief, und die Alarmglocken gingen los, und die Decke meiner Kabine war plötzlich zum Fußboden geworden, und ich kam zum Schluß, daß es höchste Zeit sei, dort rauszukommen. Das nächste, was ich weiß, ist, daß wir alle im Rettungsboot waren – und es sich losriß.«

»Ich weiß überhaupt nichts davon«, wiederholte Arran. »In allen Antriebsräumen wurden Doppelschichten gefahren, aber kein Ingenieur wollte mir den Grund sagen.«

»Das spielt jetzt wohl kaum noch eine Rolle«, sagte Reidel schließlich. »Wir sind hier. Ich glaube jedoch nicht, daß sich noch ein Rettungsboot abgesetzt hat. Weißt du, wo wir sind, Arran?«

»Irgendwo im Sektor der Gesperrten Planeten, nehme ich an.«

»Was genau hat das zu bedeuten?« fragte Cleta im arroganten Tonfall einer Frau, die es gewohnt ist, daß man ihr augenblicklich ehrerbietig antwortet.

Reidels Beherrschung war sowieso nicht die beste, und nun verlor er sie völlig.

»Ist das die Zeit für Fragen? Wenn Ihr Kopf so leer ist, daß er etwas braucht, um das er Aufsehen machen kann, könnten Sie damit anfangen, die Überlebenspakete einzusammeln oder nach diesem Mann zu sehen« – er deutete auf den blutenden Kester –, »statt dumme Fragen über galaktische Politik zu stellen!«

»Ich dachte, es könnte nicht schaden, genau zu wissen, was wir zu erwarten haben«, erwiderte Cleta, »und Sie scheinen ja das Kommando zu übernehmen!«

»Wenn Sie glauben, besser dazu geeignet zu sein, können Sie es gern versuchen! Die Sonne steht tiefer als noch vor kurzem; wenn sie weiterhin mit dieser Geschwindigkeit untergeht, wird es in ein paar Minuten dunkel sein. Wir müssen ein Feuer machen; wir können nicht abschätzen, wie kalt es hier wird, oder ...« Er hielt inne und kam zum Schluß, daß es keinen Sinn hatte, andere Gefahren zu erwähnen. »Ob diese Büsche wohl brennbar sind?«

»Ich glaube schon. Trocken genug sind sie.« Arran betrachtete die schwarzen, gebogenen Äste. »Autsch!« Er schüttelte die Hand und saugte daran. »Vorsicht, Dornen!«

»Alles, was wir gesehen haben, hat Dornen.« Reidel hoffte, daß sie nicht giftig waren, und entschied sich, auch diese Möglichkeit nicht zu erwähnen. Cleta trug steifbeinig die Überlebenspakete aus dem Rettungsboot zusammen. Sie kniete nieder, um eines zu öffnen, aber Reidels schwere Hand legte sich auf ihre Schulter.

»Belassen Sie es für den Augenblick dabei. Sie sind jung und unverletzt – kommen Sie, helfen Sie uns, Holz zu sammeln. Brennstoff brauchen wir jetzt am dringendsten.«

Cleta schüttelte seine Hand zwar ab, gehorchte jedoch. Reidel arbeitete mit gespannter Hast und schleppte schwere, abgestorbene Baumstämme in eine kleine Senke, um die sich ein Sandrand aufgehäuft hatte, der etwas Schutz vor dem schneidenden Wind gab. Dionie, die zu zerbrechlich war, um die Äste zu heben, scharrte die trokkenen Steppenhexen zusammen, ohne auf deren spitze Dornen zu achten.

Die letzten Sonnenstrahlen wichen einem trüben Zwielicht. Reidel kniete nieder und versuchte, mit seinem Taschenfeuerzeug ein Feuer zu entfachen. Das trockene Buschwerk schwelte einen Augenblick und ging wieder aus. Der fette Rauch stieg ihm in die Nase, und er mußte husten. Fluchend kauerte er sich nieder und schirmte die Flammen beim zweiten Versuch mit den gewölbten Händen ab.

Hinter dem aufgestapelten Buschwerk ertönte ein leises, wehleidiges Seufzen. Cleta biß sich auf die Lippe, um den Schmerz in ihrer verletzten Hand zu unterdrücken – bei der ersten Schockwelle, die das Passagierdeck in Schutt verwandelt hatte, war ihr ein Manikürwerkzeug durch den Handballen getrieben worden –, kroch um die Büsche herum und fand Linnit, die sich wie ein Häufchen Elend am Boden zusammengerollt hatte und leise vor sich hin schluchzte.

Es lag nicht in Cletas Natur, an andere als an sich selbst zu denken; und dies tat sie auch in diesem Moment nicht. Das Weinen zerrte an ihren sowieso schon stark beanspruchten Nerven; sie ließ sich zu Boden fallen und knurrte: »Hör auf damit! Was bringt uns das schon?«

Linnit schluchzte weiter: »Ich wünschte, ich wäre tot!«

»Das wünschte ich auch«, sagte Cleta roh. »Du bist uns keine Hilfe.« Der kalte Tonfall war besser als Mitgefühl; Linnit versuchte, ihr Schluchzen in den Griff zu bekommen, wand sich dann vor Schmerzen und schrie auf.

»Was ist los?« fragte Cleta mitleidslos. »Ich wußte nicht, daß du dich verletzt hast.« In ihrer Hand pochte der Schmerz wie Feuer, und sie massierte sie sanft, um sich Erleichterung zu verschaffen.

»Ich weiß nicht . . . Oh, ich weiß nicht!« Linnit krümmte sich in unverständlicher Qual. Cleta versuchte sich aus dem erdrückenden Griff der dünnen Arme zu befreien, doch Linnit umklammerte sie mit wahnwitzigem Schrecken, und Cleta konnte sich nicht davonmachen, ohne sie zu verletzen.

Endlich züngelten die Flammen in die Dunkelheit hinauf. Reidel erhob sich und streckte die verkrampften, steifen Beine. »Wenn die Frauen jetzt die Überlebenspakete fertig haben . . .« Sein Blick fiel auf Cleta, die noch immer neben Linnit kniete.

»Was ist los mit ihr?«

»Ich weiß es nicht, ich weiß es nicht!«

»Sie wollen es nicht wissen, was?« Mathis, der Telempath, schleppte seinen gekrümmten Körper aus dem Schatten. Sein schmales Lächeln beinhaltete eine genießerische Bosheit, so, als labe er sich durch und durch an ihrer Unkenntnis der Situation. »Sie stirbt nicht, und es ist auch kaum etwas nicht mit ihr in Ordnung.« Als er sah, daß Cleta noch immer nicht begriff, fügte er mit sarkastischem Nachdruck hinzu: »Das Baby kommt. Das ist alles.«

Reidel fluchte müde. »Als ob wir nicht schon genug Schwierigkeiten hätten!«

Aber die Worte versetzten Cleta in heillose Panik. »Was sollen wir *tun?*« flüsterte sie, ließ Linnit von ihrem Schoß rutschen und wich in erschrockener Ablehnung zurück.

Reidel kauerte sich nieder. Die unvertraute Dunkelheit, der faulige Rauch und die Fremden, die sich um ihn versammelt hatten, veranstalteten eine lärmende Verwirrung in seinem Gehirn. Obwohl er wußte, daß dieser Gedanke sinnlos war, wünschte er sich, Kester wäre nicht verletzt worden. Er, Reidel, fühlte sich nicht dazu imstande, das Denken für alle sieben zu übernehmen. Er wünschte, jemand anders würde das Wort ergreifen, aber niemand sagte etwas.

So ließ er seine Stimme rauh und absichtlich hart klingen.

»Was wir jetzt *tun?* Nun, wir können uns jetzt alle im Kreis hinsetzen und eine Klagezeremonie abhalten. Oder wir können uns beruhigen und etwas Sinnvolles tun. Wenn Frauen sich nicht grundlegend von anderen weiblichen Tieren unterscheiden« – er drückte es so grob aus, wie er konnte, um die Frauen mit dieser schockierenden Formulierung zur Ruhe zu zwingen –, »dann haben wir noch etwas Zeit, bevor wir uns Sorgen um Linnit machen müssen. Inzwischen können wir über andere Dinge von Belang nachdenken. Zum Beispiel – wer ist verletzt und wie schlimm, und was ist in diesen sogenannten Überlebenspaketen? Vielleicht finden wir morgen früh heraus, daß wir auf einem Föderationsplaneten und damit in Sicherheit sind; vielleicht aber auch nicht. Aber diese Nacht sind wir auf uns allein angewiesen. Kommen wir also zu einer Entscheidung, ob wir leben oder sterben wollen.«

Es war die längste Rede, die er je in seinem Leben gehalten hatte.

Dionie schlitzte eins der Pakete mit dem Fingernagel auf. Sie schrie vor Überraschung leise auf, als ein sirrendes Geräusch erklang und eine Tonbandstimme auf Standard sagte:

»Achtung! Vergessen Sie nicht, jeden Gegenstand in diesen Überlebenspaketen zu vernichten, bevor Sie in Kontakt mit Völkern außerhalb der Dvaneth-Föderation treten, es sei denn, diese Gegenstände sind identisch mit jenen, die auch an Ort und Stelle hergestellt werden.

Achtung! Vergessen Sie nicht...«

Dionie zog die Hand zurück, und die Stimme erstarb. Die anderen drängten sich um sie zusammen, um zu sehen, was hier vor sich ging.

Dionie holte kleine, versiegelte Päckchen heraus. Ein paar Essensrationen, ein paar sorgfältig verschweißte Behälter mit der Aufschrift *Wasser*. Zwischen diesen Päckchen befanden sich dünne Schichten eines Allzweck-Synthetic-Materials, die sie jetzt herausholte – immer mehr Gewebeschichten, die zusammengepreßt waren, um den anderen Gegenständen als Schutz gegen harte Stöße zu dienen. Das Material war warm und undurchlässig und konnte ohne Nähen zu jeder gewünschten Kleidung geformt und verschweißt werden. Und ein kleiner Fetzen des Stoffes verschloß den Mund des Albinomädchens.

»Bedeutet diese Warnung etwa... wenn man hier andere Kleidung trägt oder gar keine... daß wir dann auch nackt gehen müssen?«

»Sie bedeutet genau das, was sie sagt.«

Das Mädchen senkte den Blick zu Boden. »Ich weiß«, murmelte es. »Ich dachte nur, es sei lustig.«

»Ich bin froh, daß überhaupt etwas lustig ist«, sagte Reidel ohne Zorn.

»Sie tragen Kleidung«, stieß Arran hervor. »Es ist kalt hier!«

Dionie durchforstete noch immer das Paket. »Ein Feuerspender. Den hättest du haben sollen, als du versuchtest, Feuer zu machen, Reidel. Ein Messer. Und... Was ist das für ein Ding?«

Reidel drehte das Gerät herum. »Ein Wasserdetektor.« Er stöberte unter den Tuchfalten. »Sonst noch etwas?«

Arran hob einen letzten Gegenstand hoch. »Ein Schokker«, murmelte er.

Reidels Mund war grimmig. »Der ist für den Fall, daß wir auf bösartige, wilde Tiere stoßen – oder auf Schlimmeres.«

»Und das ist alles?« rief Linnit. »Das nennen sie Überlebenspakete? Keine ... keine Werkzeuge? Nichts?«

Reidel schüttelte den Kopf. »Es ist genau das, was es sein soll. Du brauchst die anderen Pakete nicht zu öffnen. Dionie, sie sind alle identisch. Sie reichen gerade aus, um uns in den ersten paar Tagen das Überleben zu ermöglichen. Danach müssen wir uns anpassen, ob es uns gefällt oder nicht. Es ist eine ...« Er suchte nach Worten, da er im Artikulieren abstrakter Gedanken nicht besonders geübt war, und Arran drückte es für ihn aus.

»Eine Rettungsleine in Form dvanethischer Kultur würde nur als Polster dienen – die Anpassung verzögern. Wir werden uns anpassen müssen, ob wir es wollen oder nicht. Das gehört zu den Bedingungen, die man Kolonisten auferlegt – sich allem anzupassen, was man findet –, und es trifft auch für uns zu. Die Notpakete sollen uns nur am Leben halten, bis die vom Unterbewußtsein gesteuerten Reflexe tätig werden und wir anfangen, uns anzupassen, uns verändern, um dem Planeten gerecht zu werden. Wenn man der Gnade einer neuen Welt ausgeliefert ist, ist man gezwungen, die Hoffnung auf fremde Hilfe aufzugeben. Man blickt nach vorn und paßt sich an, um zu überleben ...«

»Und wenn man schon sterben muß, wird das Leiden dadurch nicht verlängert«, beendete Mathis grausam.

Cleta prallte zurück.

»Reidel, besteht die Möglichkeit, daß dies ein Föderationsplanet ist?«

»Wohl kaum, fürchte ich. Im ganzen Spiralarm gibt es nur ein paar Dutzend Föderationsplaneten. Wir können allerhöchstens darauf hoffen, daß es sich um einen verzeichneten Planeten handelt, auf dem man einen Beobachter stationiert hat.«

»Wenn es einen Beobachter gibt – wie finden wir ihn?«

Reidel schüttelte den Kopf. Er war froh, daß sie in der Dunkelheit sein Gesicht nicht sehen konnten. »Das ist ein anderes Problem, das wir später lösen müssen«, wich er aus.

Arran schritt unruhig in der Dunkelheit auf und ab. »Das Rettungsboot muß Spuren in der Atmosphäre hinterlassen haben, und die Implosion – selbst primitive Völker haben Photonenumwandlungsdetektoren, oder nicht?«

Mathis lachte säuerlich, aber Reidel sagte nur: »Wollen wir es hoffen.« Er öffnete ein Nahrungspaket. »Wir sollten etwas essen und uns ausruhen.«

Das dünne, heisere Gelächter des Telempathen zerriß wieder die Stille. »Heute nacht wird wohl keiner von uns viel Ruhe bekommen, was, Linnit?«

Reidel seufzte. Er wünschte, Mathis würde die Klappe halten. Er wünschte, sie alle würden die Klappe halten und ihm die Möglichkeit geben, sich einen Überblick zu verschaffen. Kester, auf den sie hätten bauen können, war verletzt und lag wahrscheinlich im Sterben; Arran und Dionie hatten den Schock recht gut verkraftet, aber sie waren zu jung, um eine große Hilfe zu sein. Über Cleta ärgerte er sich schon, und Linnits Wimmern ging ihm, sosehr er das Mädchen bedauerte, an die Nerven. Und Mathis, der hätte helfen können, machte die Sache mit seinem Spott nur noch schlimmer. Vielleicht hätte er von Anfang an alles Mathis überlassen sollen. Aber er hatte mit Telempathen keine Erfahrung.

Die meisten der sogenannten menschlichen Rassen waren mehr oder weniger telepathisch veranlagt. Aber normalerweise empfingen – und sendeten – Telepathen nur in Worte gefaßte Gedanken. Daher war die Telepathie zwischen verschiedenen Sprachgruppen, ja sogar zwischen Wesen, deren Erziehung und Umwelt sie mit stark variierenden semantischen Wertsymbolen ausgestattet hat, nahezu unmöglich. Ein paar wenige waren wie Dionie – Empathen, versehen mit der Fähigkeit, die Gefühle und Wahrnehmungen ihrer Mitmenschen aufzufangen.

Der Telempath, die seltenste menschliche Mutation, war

nicht nur imstande, die Gedanken und Gefühle aller Humanoiden und einiger Nonhumanoiden zu erkunden, sondern auch, diese fremden Vorstellungen in die Sprache und Begriffswelt jeder anderen Rasse zu übersetzen.

Sie waren ursprünglich gezüchtet worden, um mit den nonhumanoiden Rhu'inn zu arbeiten; aber das war schon lange her, zu jener Zeit noch, da die Föderation sich noch der Hoffnung hingegeben hatte, sie könne die Bedrohung durch die Rhu'inn friedlich lösen. Dieser Versuch war nicht gelungen, doch die Telempathen waren übriggeblieben. Einige wenige von ihnen wurden bei der Kontaktaufnahme mit den Bewohnern fremder Planeten und bei anderen Aufgaben eingesetzt. Ihre wichtigste Eigenschaft war ihre phantastische Anpassungsfähigkeit. Ihre Kräfte waren legendär.

Reidel hatte zuvor noch nie einen gesehen. Sie lebten in strengster Abgeschiedenheit. *Ich verstehe auch, warum,* dachte er abrupt. Mathis war sicher kein Typ, der einen Beliebtheitswettbewerb gewinnen würde.

Dionie und Arran versuchten, es Kester auf einem Stoffballen bequem zu machen. Reidel fragte sich, ob sie ihn anders hinlegen sollten, ließ dann aber voller Verzweiflung von diesem Gedankengang ab. Wenn er so schwer verletzt war, wie es den Anschein hatte, würden sie ihm weder helfen noch seinen Zustand verschlimmern.

»Nein, du kannst ihm nicht helfen«, sagte Mathis leise zu Reidel. »Er hat Gehirnblutungen. Er wird sterben.«

Reidel wandte sich ab und warf weitere Holzscheite auf das Feuer. Der beißend scharfe Rauch geriet ihm in die Augen, und er bedeckte sie mit den Händen, bemüht, einen würgenden Hustenreiz zu unterdrücken. Der Verlust des Schiffes, die vielen Toten, die lange, nervenzerreißende Anspannung während ihrer Flucht, all das war so betäubend wie ein Alptraum gewesen, und nun war ihm, als sei er erwacht und habe feststellen müssen, daß der Alptraum Wirklichkeit war.

Er bemerkte kaum, daß Dionie ihm etwas zu essen in die Hände drückte, obwohl er es annahm und ihr mit automatischer Höflichkeit dankte. Aber er führte es nicht an die Lippen, und nach ein paar Minuten, die er unentwegt ins Feuer gestarrt hatte, fühlte er, wie eine kleine Hand unter seinen Arm glitt. Verblüfft schaute er auf das bleiche, nach oben gerichtete Gesicht hinab.

»Bitte iß etwas, Reidel. Du hast versucht, uns zur Vernunft zu bringen. Du mußt stark genug für uns alle sein.«

Reidel lächelte, aber es geriet nur zu einem Verzerren der Lippen. »Ich bin kein Heldentyp«, sagte er, aber er brach ein Stück der geschmacklosen Notration ab und zerkaute es.

Neben dem Feuer versuchte Cleta, die auf dem Rand des Tuches saß, der widerstrebenden Linnit einzureden, sie müsse ein paar Bissen zu sich nehmen. Ihr Gesicht zeigte eine gewisse geduldige Verbitterung, die Reidel belustigt hätte, hätte irgend etwas ihn jetzt belustigen können.

Ausgerechnet jetzt mußte Linnits Baby geboren werden! Reidel, der es gewohnt war, von Tieren umgeben zu sein, wußte ganz genau, daß solche Dinge nicht warteten, bis sie jedermann in den Kram paßten, aber es komplizierte ihre Situation. Er fragte sich, ob Cleta oder Dionie überhaupt die geringste Ahnung hatten, was sie für Linnit tun konnten.

Er hoffte lediglich, daß die Frauen instinktiv richtig handelten. Sie würden eben ihr Bestes geben müssen.

Der Anpassungsprozeß hatte noch nicht begonnen: Reidel dachte noch genau wie ein Mann von Dvaneth, und es kam ihm gar nicht in den Sinn, die Gebräuche seiner Heimatwelt in Frage zu stellen, die solche Dinge den Frauen überließen. Als er mit vollem Mund aufblickte, sah er in Mathis' unergründliche Augen und fragte sich, ob der Telempath seine Gedanken gelesen hatte; und falls ja, warum er nicht irgend etwas Hilfreiches vorschlug.

Er schluckte die letzten Nahrungskrümel hinunter, trank

etwas Wasser, wandte sich dann um und blickte in die riesige Einöde hinaus. So weit das Auge sehen konnte, Leere; nichts außer Dunkelheit und Leere, schattigen Bäumen und seltsamem Geraschel und Gezirpe in der unvertrauten Nacht. Ein paar Sterne funkelten in unbekannten Konstellationen am dunklen Himmel. Ein trüber, nebligweißer Streifen, der Galaktische Arm, machte deutlich, wie weit sie von Dvaneth entfernt waren. Ihr Heimatplanet lag mitten im Zentrum des Spiralarms, und am Himmel von Dvaneth loderten Millionen Sonnen, die die Nacht heller als den Tag werden ließen. Das schwache, ferne Funkeln erzeugte in Reidel ein schreckliches Gefühl der Einsamkeit.

»Reidel . . .?«

Er drehte sich um und bemerkte, daß er sich ein ganz schönes Stück vom Feuer entfernt hatte. »Ich bin hier, Arran«, sagte er. Aber er konnte noch nicht umkehren, um sich Linnits Wimmern und Mathis' Spott anzuhören und darüber nachzudenken, wie er Cletas scharfe Verachtung wegstecken konnte. Er brauchte einen Augenblick für sich allein, bevor er sich wieder all ihre Probleme auf die Schultern laden konnte. »Einer von uns sollte von jetzt an immer bei den Frauen bleiben.«

»Mathis wird auf sie aufpassen, besser, als ich es könnte. Laß mich mit dir gehen, Reidel.«

Reidel wußte plötzlich, was Arran glaubte. Er war erzürnt, daß es dem anderen, aber nun auch ihm selbst, in den Sinn gekommen war. Der Ärger ließ seine Stimme frostig klingen.

»Ich werde euch nicht im Stich lassen. Ich will einen dieser kleinen Hügel ersteigen und sehen, ob ich am Horizont etwas ausmachen kann, das nach einem Licht aussieht – ein Leuchtturm, eine Stadt, irgendein Ort, an dem Menschen leben könnten.«

Arran klang beschämt. »Ich habe wirklich nicht geglaubt . . .«

»Das weiß ich. Kehr jetzt um. Ich werde in ein paar Minuten zurück sein.«

»Willst du meine Taschenlampe?« Arran holte eine kleine Handlampe hervor, aber Reidel wies sie zurück. »Sie würde mich nur blenden.«

»Gut.« Arran ging zum Feuer zurück, und Reidel marschierte weiter, wobei sich seine Muskeln wieder an das Gefühl gewöhnten, festen Boden unter den Füßen zu haben und dem Zug der Schwerkraft des Planeten ausgesetzt zu sein. Einmal trat er auf irgendein kleines Lebewesen, das schnell ins Gras davonhuschte, und einmal zerkratzte er sich die Hand an einem Dorn. Abrupt verlor er seinen Schwung und prallte zurück, und die Luft wurde ihm aus den Lungen getrieben; er war in der Dunkelheit gegen etwas gelaufen.

Er gewann das Gleichgewicht zurück und streckte vorsichtig seine Hand aus. Ein Draht, etwa so dick wie die Fäden seiner Kleidung, war in Brusthöhe straff vor ihm gespannt.

Nachdem er nun mit einem greifbaren Nachweis intelligenten Lebens konfrontiert worden war – denn Drähte spannten sich nicht von allein über leere Felder –, wünschte er sich, er hätte Arrans Lampe mitgenommen. Ein impulsiverer Mensch hätte seine Gefährten herbeigerufen, doch Reidel entschloß sich zu weiteren Erkundigungen, bevor er Hoffnungen in ihnen weckte oder zerstörte.

Er folgte dem Draht, indem er sich mit der Hand an ihm entlangtastete. Es handelte sich um eine Art Stacheldraht ohne elektrische Ladung, und er war an Pfosten mit rauher Oberfläche angenagelt. Einmal fuhr er mit den Händen den Pfosten hinab. Insgesamt waren vier Drähte an ihm gespannt, die gerade so weit auseinander lagen, daß Reidel sich zwischen ihnen hätte hindurchzwingen können, wenn er es gewollt hätte. Er zögerte, denn er war sich keineswegs sicher, ob er es wollte.

Der Planet war offensichtlich bewohnt, aber von wem?

Das Vorhandensein eines Zauns deutete auf Intelligenz und etwas hin, das inner- oder außerhalb einer bestimmten Fläche gehalten werden mußte. Er war der Meinung, daß das Nichtvorhandensein einer elektrischen Ladung auf einen niedrigen Zivilisationsstand hinwies. Er wünschte, er wäre einer jener Wissenschaftler, die aus einem einzigen Gegenstand treffsicher auf den Entwicklungsstand einer fremden Kultur schließen konnten.

Er faßte einen raschen Entschluß, bückte sich, steckte ein Bein durch den Zaun und zog den Rest seines Körpers nach. Hinter dem Zaun lag ein niedriger, wasserloser Graben; er durchquerte ihn und gelangte auf eine flache, harte Oberfläche. Überrascht über die Materialveränderung unter seinen Füßen bückte er sich und betastete den Boden. Irgendeine harte, nicht metallene Substanz, zu glatt für natürlichen Stein – eine Straße? Er wollte schon zurückklettern und Arran zurufen, er solle die Lampe bringen, als plötzlich der Schein zweier ferner Lichter in seine Augen fiel.

Gelb und etwa zwei Armlängen voneinander entfernt, schwangen sie sich geräuschvoll über den Horizont, warfen einen Strahl fast vor Reidels Füße und rasten ihm mit unglaublicher Geschwindigkeit entgegen. Reidel sprang zurück und warf sich – in der Hoffnung, von der monströsen Maschine nicht bemerkt zu werden – flach in den Graben.

Im Lichtfächer machte er eine Metallhülle und vier summende Räder aus, dann blitzten die Lichter vorbei, und durch Glasscheiben sah Reidel zwei eindeutig humanoide Köpfe. Reidel blieb flach liegen, bis das letzte rubinrote Funkeln hinter einer Straßensteigung verschwand. Dann rappelte er sich bebend vor Anspannung auf. *Also eine humanoide Welt.* Und das Ding war weder ein Monstrum noch ein Roboter gewesen, sondern einfach irgendein Bodenfahrzeug.

Jemand rief seinen Namen. Reidel kletterte hastig durch den Zaun und eilte zum Feuer zurück. »Alles in Ordnung«, rief er. »Ich bin hier!«

Dionie warf sich ihm entgegen. »Oh, wir hörten dieses Donnern ... Wir sahen die Lichter ...« Ihre dünnen Arme griffen mit einer Stärke nach ihm, die nur die Angst erzeugen konnte. Er duldete, daß sie sich einen Augenblick an ihn klammerte, dann führte er sie Schritt um Schritt in die Dunkelheit.

»Aber, aber, Dionie. Es war nur irgendein Fahrzeug. Es saßen Menschen darin.«

»Oh ...« Sich plötzlich ihrer Handlungsweise bewußt und wieder schüchtern, entzog sie sich ihm. Cleta und Arran deckten Reidel mit erwartungsvollen Fragen ein, und er berichtete von seinem Abenteuer.

»Sie haben mich nicht gesehen. Ich habe mich in einem Graben versteckt.«

»Warum haben Sie sie nicht angehalten? Sie hätten uns vielleicht helfen können.«

»Ich wußte nicht, wer – oder was – sie waren.«

»Wie überaus vorsichtig von Ihnen«, sagte Cleta mit beißendem Sarkasmus und wandte sich ab. Reidel fiel auf, wie gezwungen sie sich bewegte, griff nach ihr und faßte sie am Arm. Sie versuchte, sich von seinem Griff freizumachen, aber er zog sie ins Licht des Feuers, drehte ihr mit starken Fingern das Handgelenk herum und zwang sie, die Finger zu öffnen. Der Handballen war mit getrocknetem Blut verkrustet.

»Warum haben Sie mir das nicht schon längst gezeigt?«

Cleta zitterte vor Wut. »Sie waren zu beschäftigt damit, uns herumzukommandieren.«

Reidel runzelte die Stirn. »Wie ist Ihnen das passiert?«

»Ein ... ein Manikürmesser ging durch meine Hand, als ... als der Alarm ertönte. Es ist nicht schlimm. Ich passe schon darauf auf.«

Reidel schenkte ihren Worten keine Beachtung und bedeutete Arran, mit der Taschenlampe zu leuchten. »Machen Sie sich nichts vor. Wenn eine Sehne durchtrennt ist, werden Sie Probleme kriegen.« Er untersuchte und betastete die Verletzung peinlich genau. Es war unter Cletas Würde, sich ihm zu widersetzen; sie schürzte die Lippen und sagte: »Sie scheinen ja eine Menge zu wissen. Für wen halten Sie sich eigentlich?«

»Tut das weh?« Er beugte einen ihrer Finger zurück. »Seit wir Dvaneth verlassen haben, hatte ich vierhundert ausgesucht kostbare Tiere in meiner Obhut. Wenn wir die Kolonie erreicht hätten, wäre ich für den Amtsarzt eingesprungen, wenn er zu beschäftigt gewesen wäre.« Er ärgerte sich über sich selbst, weil er dem Mädchen alles groß und breit erklärte. Cleta zuckte die Achseln und ließ seine Behandlung über sich ergehen, und als Reidel getan hatte, was er konnte – was nicht sehr viel war –, bemerkte sie verächtlich: »Hoffentlich gibt es keine fremden Bakterien oder Pilze hier. Diese wichtigen Überlebenspakete beinhalten keine Medikamente.«

»Wie kurzsichtig, nicht wahr?« entgegnete Reidel müde.

»Nein, weitsichtig«, murmelte Mathis. »Nur die Starken überleben. Wer nicht stark genug ist, stirbt wenigstens schnell und fällt den anderen nicht mehr zur Last.«

Reidel fuhr herum. »Wenn Sie noch mehr solcher abstoßenden Vorstellungen haben, behalten Sie sie für sich, ja?« sagte er mit zusammengebissenen Zähnen.

Linnit gab ein ersticktes Stöhnen von sich; Cleta wollte sich ihr wieder zuwenden, aber Reidel hielt sie fest: »Werden Sie damit fertig?«

Cletas schmale Schultern hoben und senkten sich. »Ich werde es wohl müssen, es sei denn ... Sie sagen, dieser Planet sei von Menschen bewohnt. Kester liegt im Sterben, und Linnit ... braucht Hilfe. Wenn es hier Menschen gibt ...«

»Ich kann in der Dunkelheit nichts unternehmen.«

»Aber was sollen wir *tun?*« Cleta klang verzweifelt. »Wir können doch nicht einfach ... einfach hier herumsitzen und *warten*, oder?«

»Bis zum Tagesanbruch«, sagte Reidel und versuchte,

autoritär zu klingen, »werden wir wohl genau das tun müssen.«

Arrans Stimme schlug plötzlich um. »Aber wir wissen doch nicht einmal, wie lang die Nächte hier sind! Wenn wir darauf warten, daß die Sonne wieder aufgeht, sitzen wir vielleicht bis in alle Ewigkeit hier herum! Alles ist besser als . . . als einfach zu warten!«

Plötzlich redeten alle wütend auf ihn ein. »Wir werden hier sterben!« rief Cleta mit schriller Stimme. »Sie wollen ja nur, daß wir hier herumsitzen und sterben!«

Reidel trat einen Schritt auf das Mädchen zu und hob die Hand, um es zu schlagen, doch er bekam sich gerade noch in die Gewalt, bevor der Schlag traf, und umklammerte mit schweren Fingern ihren Arm. »Halten Sie die Klappe!« brüllte er sie an. »Wenn Sie hysterisch werden, erwürge ich Sie!«

Linnit fing wieder mit kindlichem Schluchzen an zu weinen, und Cleta zerrte heftig in Reidels Griff und versuchte, ihm das Gesicht zu zerkratzen. Arran sprang hinzu und umklammerte Reidels Brustkorb. Reidels Wut fand ein neues Ziel, und er fuhr herum und versetzte dem Jungen einen harten Schlag ins Gesicht. Arran sprang zur Seite, wich der größten Wucht des Schlages aus und stieß Reidel mit der flachen Hand gegen die Brust. Der Stoß ließ Reidel zurücktaumeln.

Reidel ballte die Fäuste und ging in Kampfstellung. Wenn sie es ausfechten mußten, dann hier und jetzt.

Plötzlich schrie Dionie auf und ließ sich auf die Knie fallen. »Mathis! Oh, was ist los?« rief sie flehend. »Seht doch, was ihr angerichtet habt, ihr Narren!«

Der Telempath war neben dem Feuer zusammengebrochen und lag ausgestreckt, mit geschlossenen Augen, auf dem Boden. »Ihr brutalen Idioten!« weinte Dionie. »Was meint ihr, weshalb man Telempathen in Isolation hält? Ihr habt ihn mit eurem Geschrei und eurer Prügelei einen Schock versetzt! Vielleicht habt ihr ihn sogar umgebracht!

Steht nicht da herum und gafft, holt mir lieber etwas Wasser!«

Vom Schock ernüchtert, tat Arran wie geheißen. Der Zusammenbruch des Zwerges hatte Reidels Zorn wie eine Eisflut abgekühlt. Cleta ging schweigend zu der Stelle in der Dunkelheit hinüber, wo Linnit lag; ihr großer, straffer Körper zitterte heftig. Reidel wollte ihr folgen, doch die Frau wirbelte mit leidenschaftlichem Trotz herum.

»Haben Sie wenigstens den Anstand, sich von ihr fernzuhalten!«

»Ich habe nicht gemerkt ...« Reidel wandte den Blick von Linnit ab. »Kann ich irgendwie helfen?«

»Ihr Männer geht besser zur anderen Seite des Feuers hinüber«, ordnete Cleta an. Reidel zögerte, obwohl Arran schon den halb bewußtlosen Mathis hochgehoben hatte und ihn zu einer geschützten Stelle trug. »Cleta ...«

»Gehen Sie endlich?« fuhr sie ihn schrill an, und Reidel ging.

Die Nacht wurde kühl. Fröstelnd warteten die Männer. Nach einer Weile vertiefte sich Linnits leises Wimmern zu einem stetigen Stöhnen. Später kam Dionie um das Feuer herum; sie war bleicher als damals, als das Rettungsboot explodiert war. Sie kauerte sich wie ein Häufchen Elend zu Boden und stützte das Gesicht auf die Hände.

»Ich tauge nichts, ich bin ein feiger Versager ...«, stieß sie auf Reidels besorgte Frage hervor. »Und Cleta weiß es ... Sie weiß, daß ich ...« Sie verbarg das Gesicht in den Händen und weinte leise und mitleiderregend vor sich hin. Arran hob die Augenbrauen, und Reidel sagte knapp: »Empath. Sie hat alles gefühlt, was Linnit gefühlt hat.«

Arran pfiff vor Bestürzung.

Das Feuer qualmte und schlug sprühende Funken; schwere Rauchwolken sammelten sich und löschten die trüben Sterne aus. Dionie war mittlerweile wirklich eingeschlafen; sie war bleich, und ihre Glieder zuckten unablässig. Nach langer Zeit stieß Linnit einen Schrei aus, und Reidel fuhr hoch, fand sich auf den Beinen und lief, ohne es eigentlich vorgehabt zu haben, ums Feuer.

Cleta wies ihn erzürnt zurück. Obwohl sich Reidel über ihre Stumpfsinnigkeit ärgerte, versuchte er, in aller Freundlichkeit mit ihr zu sprechen.

»Laß mich helfen, Cleta. Wahrscheinlich weiß ich mehr ...«

»Über Tiere!« warf sie ihm mit beißender Verachtung entgegen.

»Eine Frau ist ein Tier«, sagte er sanft, bemüht, sein Temperament im Zaum zu halten. »Cleta, übliche Verhaltensregeln müssen bei einem Notfall nicht mehr eingehalten werden.«

»Die Regeln des Anstandes ...«

»... Anstand!« Reidels Fluch kam direkt aus der Gosse, und Cleta hielt schockiert inne. Sie trat gehorsam beiseite und ließ Reidel ihren Platz einnehmen.

Das Feuer brannte zu schwelender Holzkohle herab. Linnit wimmerte dann und wann, schrie aber nicht mehr; nur Reidels Stimme hob sich, leise und trostspendend, in großen Abständen. Mathis kauerte abseits von den anderen; seine Augen hatten sich in heftiger Ablehnung fest geschlossen, und er versuchte, sich vor dem zu verschließen, was für ihn schlimmer als für alle anderen war: die ganze Bandbreite der nackten Gefühle, vor denen er sein Leben lang behütet worden war. Er war wie ein Mann, den man in pechschwarzer Dunkelheit erzogen und plötzlich hinaus in das gleißende Licht des blendenden Mittags gezerrt hatte.

Auf der anderen Seite des Feuers legte Reidel ein Tuch über Linnits Körper und streichelte ihr übers Haar – jene geistesabwesende, gewohnheitsmäßige Geste, mit der er jedes gequälte Tier zu beruhigen versucht hätte. Er schaute zu Cleta hinüber und lächelte. Sie schlug unbeholfen das Baby in ein Tuch, wie eine Frau, die noch nie eins versorgt hat. Sie steckte es neben Linnit, die schon vor Erschöpfung eingeschlafen war, unter die Decke, und erhob sich auf die Füße.

»Ich weiß nicht genau, was ich sagen soll, Reidel, nur ... daß ich mich töricht benommen habe.«

»Schon gut. Ich glaube, keiner von uns hat genau gewußt, was er tat.«

Dann tat Reidel etwas, das sich später als der schlimmste Fehler seines Lebens erweisen sollte. Cleta wirkte so zerbrechlich und sanft, so liebenswürdig in ihrer momentanen Bescheidenheit, daß er dem Drang nicht widerstehen konnte, die Arme um sie zu legen und sie an seinen Körper zu ziehen. Die Frau schwankte, verlor vor Überraschung das Gleichgewicht und gab ihm einen Augenblick lang nach, aber als sein Gesicht das ihre berührte, schnappte sie nach Luft und hob schnell die Hände, um ihn zurückzuweisen.

Er ließ sie sofort los, aber der Zorn hielt sie noch gepackt, und sie schlug ihm hart über den Mund. »Sie müssen verrückt sein!« sagte sie zitternd. »Lassen Sie mich in Ruhe!«

Als er ihre funkelnden Augen sah, wußte Reidel, daß alles, was er sagen würde – vor allem jedoch eine Entschuldigung –, die von ihm begangene Beleidigung nur verdoppeln konnte. Er wandte sich ab wie ein Sklave, den man ausgepeitscht hat, und er schmeckte das Blut, das aus seiner aufgeplatzten Lippe quoll. Sein Puls hämmerte wild, und es dauerte einige Minuten, bevor er seine Atmung beruhigen konnte.

Er legte Feuerholz nach. Kesters Körper war ein langer, starrer Strich in der Dunkelheit, und als Reidel sich über ihn beugte, war er nicht überrascht zu entdecken, daß der flatternd gehende Atem des alten Mannes endlich erstorben war.

Einer tot und einer geboren. Sie waren immer noch sieben ...

Er legte sich nieder, nahe genug am Feuer, so daß er merken würde, wenn es erlosch, und schloß die Augen.

Suche nach unidentifiziertem feurigem Objekt abgebrochen

Levelland, Texas. Die Texas Rangers haben heute die Suche nach den Trümmern eines Flugzeuges abgebrochen, das Meldungen zufolge gestern abend über der Millionen Morgen umfassenden Branzell-Ranch abgestürzt sein soll. Die erfolglose Suche wurde in den frühen Morgenstunden abgebrochen, als die Rangers von der U.S. Air Force die formelle Bestätigung erhielten, im gesamten Gebiet sei kein Handels-, Militär- oder Privatflugzeug als verspätet oder vermißt gemeldet worden.

Edward Marcus (23), ein Student der Technischen Universität von Texas, hatte gestern abend ein brennendes Objekt gesichtet und es der Polizei von Hockley County gemeldet; seine Schwester, Silvia Marcus (19), und Steve Branzell, ein einheimischer Viehzüchter und Geschäftsmann, bestätigten die Sichtung.

Die Rangers berichteten, daß sie weder die Spuren von Trümmern noch die eines Brandes gefunden hätten. Die Luftwaffenbasis in Lubbock ließ inoffiziell verlauten, das unidentifizierte Objekt könne ein außergewöhnlich großer Meteor gewesen sein. Zu diesem Zeitpunkt gab die Basis keinen weiteren Kommentar ab.

Miß Marcus, eine Nichte Branzells, die das flammende Objekt als »einen großen roten Feuerstrom« beschrieb, hat weiterhin gesagt: »Es muß eine fliegende Untertasse gewesen sein.«

2. Kapitel

Das Licht ging dem Aufstieg der rötlichen Sonne voran. Zuerst erloschen die Sterne, und der Himmel erhellte sich von Schwarz zu Blau; dann kam bleiches Sonnenlicht, und Reidel, der schon seit einiger Zeit wach lag, stand auf und sah nach Linnit.

Die junge Mutter schlief tief; ihr lockiges Haar umhüllte das hübsche, wenn auch angeschwollene Gesicht. Das Baby war nur ein roter, runzliger Fleck zwischen den alles einhüllenden Tüchern. Als Reidel die beiden wieder zudeckte, fragte Arran leise: »Was ist es?«

»Ein Mädchen, und beide sind wohlauf. Zum Glück.«

»Ach ja?« fragte Mathis, ohne sich zu rühren.

Kurz über lang, dachte Reidel, wird er mich mit seinem Spott noch dazu bringen, daß ich ihm den Mund stopfe. Er drehte dem Telempath den Rücken zu.

»Cleta, wecken Sie Linnit. Wir müssen reden und Pläne schmieden.«

»Lassen Sie sie doch wenigstens schlafen«, protestierte Cleta. »Sie kann doch nicht . . .«

»Wir müssen uns alle daran gewöhnen, Dinge zu tun, die wir nicht können.« Reidels Stimme war grimmig, doch seine Hände waren sanft, als er dem kranken Mädchen aufhalf. »Bei Tageslicht könnte jemand kommen und uns hier finden, und wir sollten auf alle Eventualitäten vorbereitet sein.«

Linnit sah sich voller Panik nach ihrem Baby um, entspannte sich dann und lehnte sich vertrauensvoll an Reidels Schulter. Die anderen rückten näher an sie heran. Reidel berichtete ihnen kurz von Kesters Tod; Dionie schluchzte ein wenig, aber sonst ließ sich niemand etwas anmerken. Sie alle hatten vor zu kurzer Zeit zu viel verloren, um an noch einen Toten, einen weiteren Fremden, Trauer zu verschwenden.

»Ich schwinge nicht gern große Reden«, sagte Reidel knapp. »Hat jemand einen Vorschlag zur Sache?«

»Der Wagen, den Sie letzte Nacht gesehen haben«, setzte Cleta an. »Wir können nicht weit von der Zivilisation entfernt sein. Vielleicht ist das hier sogar ein Föderationsplanet.«

»Schon möglich, nehme ich an«, sagte Reidel. »In diesem Fall haben Sie das Rettungsboot natürlich geortet, und es werden schon Suchtrupps unterwegs sein. Und sobald man uns gefunden hat, wird man uns ins erste Schiff nach Hause setzen. Aber versteift euch nicht darauf«, bat er. »Die Chance ist sehr gering.«

»Andererseits«, sagte Mathis, »wenn dieser Planet bewohnt ist, dann ist er sicher auch in den Karten verzeichnet ...«

»Nun, dann ist ja alles ganz einfach«, sagte Cleta mit triumphierendem Blick. »Wir suchen nach einem Zivilisationszentrum und fragen nach dem Botschafter der Föderation.«

»Und wenn es keinen gibt?«

»Dann erklären wir natürlich, wer wir sind und was geschehen ist, und bitten um ihre Unterstützung und Gastfreundschaft.«

»So einfach ist das nicht!« Reidels Kiefer furchte sich vor plötzlichem Zorn. »Da sind ein paar Dinge, die ihr nicht begreift. Wir befinden uns außerhalb der Dvaneth-Föderation und wahrscheinlich auf einem Gesperrten Planeten. Und einige ... nein, in Wahrheit die meisten Gesperrten Planeten stehen unter der Herrschaft oder Überwachung der *Rhu'inn!*«

Er hielt inne und zögerte fortzufahren, da Cleta fahlbleich geworden war und selbst Arran verängstigt wirkte.

»Das bedeutet, daß es kein Galaktiker auf diesem Planeten wagen wird, die Aufmerksamkeit auf sich zu ziehen. Wahrscheinlich gibt es hier einen Beobachter, aber er wird sich sehr gut getarnt haben. Wir werden vielleicht sehr lange brauchen, bis wir ihn gefunden haben!«

»Das heißt, wir sind auf uns allein gestellt«, warf Arran ein.

Reidel nickte. »Wir müssen akzeptieren, was wir hier finden, und irgendwie überleben. Wir werden uns anpassen. Wir können nicht anders; wir sind darauf konditioniert. Wir werden keine Probleme mit der Sprache haben – die haben Dvanethianer nie–, aber sonst fangen wir wirklich mit nichts an. In gewisser Hinsicht hat Linnits Baby von uns allen das meiste Glück gehabt.«

»Glück!« Linnit brach in ein wildes Gelächter aus, und Reidel starrte sie an und fragte sich, ob die Nacht voller Geburtswehen ihren Verstand zerrüttet hatte. Er ignorierte sie; etwas anderes konnte er nicht tun.

»Ja, wir alle haben Glück gehabt. Das Rettungsboot hätte in einen Ozean stürzen können. Oder an einem der Pole landen können, wo wir in der Nacht schon erfroren wären.«

»Wären wir es doch nur!« platzte Linnit heraus. »Warum habt ihr mich nicht sterben lassen?« Zitternd vor Hysterie riß sie sich von Reidel los. Der Mann fühlte sich elend vor Mitleid, aber er sah, wie Mathis schon zuckte, und wußte genau, daß er auf keinen Fall zulassen durfte, daß Linnit sie alle wieder in Aufregung versetzte. Mit einer so harten und plötzlichen Bewegung, daß Dionie scharf die Luft einsog, zog Reidel das rasierklingenscharfe Messer hervor, das er bei sich trug, und reichte es, mit dem Griff zuerst, Linnit.

»Na los«, sagte er rauh. »Schneid dir die Kehle durch. Ein hilfloses Geschöpf weniger, um das ich mir Sorgen machen muß. Wir begraben das Baby mit dir; wenn du tot bist, wird es auch nicht überleben. Na los, Linnit, worauf wartest du noch? – Aber ja, aber ja«, beruhigte er sie, als sie hilflos schluchzend zusammenbrach. Er zog sie an sich und ließ sie weinend an seiner Schulter ruhen. »Es tut mir leid, daß ich das tun mußte. Es ist jetzt alles in Ordnung. Es ist alles in Ordnung.«

Endlich erschöpft und beruhigt, schmiegte sie sich in

seine Armbeuge. Cleta hatte die Augen vor Schrecken weit aufgerissen, doch Mathis nickte anerkennend, und Reidel wußte, daß er die einzige ernst zu nehmende Herausforderung seines Führungsanspruchs aus dem Weg geräumt hatte. Er fragte sich, warum er soviel darum gab.

Die Sonne war jetzt aufgegangen, und es war schon fürchterlich heiß. »Wir alle sind als Kolonisten akzeptiert worden«, sagte Reidel ruhig. »Das heißt, wir wurden in Hinsicht auf Anpassungsfähigkeit ausgewählt und ausgebildet. Es gibt – auf jeder Welt – immer einen Platz für einen Menschen, der sich anpassen kann. Wir werden es schon schaffen.«

»Sitzen wir einfach hier herum und warten darauf, daß sie uns finden?« fragte Arran.

»Bevor wir nicht ganz sicher wissen, auf welchem Planetentyp wir uns befinden, können wir es nicht wagen, irgendwelche Aufmerksamkeit auf uns zu lenken. Hier ist mein Plan: Mathis und ich werden losmarschieren und feststellen, ob diese Straße irgendwohin führt. Arran wird bleiben und auf die Frauen achten. Mathis ist körperlich nicht in der Lage, allein zu gehen, aber ich kenne die Sprache nicht und wäre dadurch zu sehr im Nachteil. Wir werden zurückkommen und berichten, was wir gefunden haben ...«

»Ich bin nicht der Meinung, daß wir uns trennen sollten«, wandte Linnit ein. »Angenommen, ihr könnt nicht zurückkommen?«

»Es muß ein paar Telepathen auf dieser Welt geben«, sagte Cleta. »Können Sie sie erreichen, Mathis?«

Der Telempath schüttelte den Kopf. »Nicht einfach so aus dem Stand. Wenn ich hier von einer Menschenmenge umgeben wäre, könnte ich die Telepathen herausfinden – und sogar Kontakt mit denen aufnehmen, die keine sind. Aber nicht auf diese Entfernung, nicht ohne jede Vorbereitung.«

Reidel, der selbst kein Telepath war und nur wenig über sie wußte, verlor das Interesse an der Diskussion. Er ging zu der Stelle hinüber, an der das Rettungsboot implodiert war. Es schien unmöglich, daß nichts bis auf diese kleine Stelle verkohlten Grases übriggeblieben sein sollte. Während die anderen redeten, schlug er – schweigend und ohne Aufmerksamkeit auf sich zu ziehen – Kesters schon starre Leiche in eine Tuchbahn ein. Er hob den zerbrechlichen alten Mann mit bedächtigem Respekt hoch und trug ihn zu einem Dornendickicht.

Dort blieb er einen Augenblick lang stehen, sah zu Boden und wünschte, ihm würde eine angemessene Möglichkeit einfallen, der Leiche die Ehre zu erweisen oder die Riten auszuführen, die er auf dieser fremden Welt nicht einmal ansatzweise einleiten konnte. Kester war weit von zu Hause entfernt gestorben. Er beugte den Kopf. Um ihn herum schien plötzlich eine seltsame, eine schmerzhafte Stille zu herrschen, und Reidel fühlte plötzlich eine ungewöhnliche Anspannung. Er hatte schon oft die Gegenwart des Todes wahrgenommen, aber noch nie so wie jetzt. Sein ganzer Körper kribbelte, und er stand da wie mit dem Boden verwachsen.

Plötzlich hörte er, daß Dionie mit schriller Stimme »Reidel!« rief, und die Anspannung zerriß. Trotz der Kälte schwitzend, stellte er fest, daß er sich bewegen, ja sogar wieder laufen konnte, und er lief zu den anderen zurück.

Sie waren wie zum Schutz eng aneinandergerückt; hinter dem Zaun, gegen den Reidel letzte Nacht gelaufen war, hatte ein langgezogenes, niedriges Fahrzeug gehalten, und ein Mann kam über das Feld auf sie zu.

»Darum müssen Sie sich kümmern, Mathis«, sagte er und schob den Telempathen vorwärts.

Nur Mathis verstand die Worte, die der Fremde rief.

»Hallo, Sie da! Haben Sie Schwierigkeiten?«

Ein sofortiges Suchen im Verstand des Fremden nach Gefühlsvorstellungen. Die sofortige Übersetzung in Wortsym-

bole – und nach einem Augenblick antwortete Mathis dem Fremden in seiner eigenen Sprache. Die anderen hörten zu, aber nur Cleta verstand die Worte.

Der Fremde war ein Mann in Reidels Alter, ein stämmiger junger Bursche, der Kleidung aus gewebtem braunem Stoff trug. Sein Gesicht war sonnenverbrannt, und seine Haut schälte sich ein wenig; die Züge drückten jedoch deutlich Skepsis und Überraschung aus.

Nachdem Mathis mit dem Fremden gesprochen hatte, sagte er leise im Dialekt von Dvaneth: »Er glaubt mir nicht. Aber er wird uns – nur Reidel und mich – zu einer Stadt in der Nähe bringen. Wartet hier auf uns.«

Reidel runzelte die Stirn. »Was haben Sie ihm gesagt?«

»Ich habe ihm gesagt, daß wir mit ihm gehen würden. Sie müssen mir vertrauen, Reidel, oder ich lehne jede Verantwortung ab!« Mathis' Worte beinhalteten die Spur einer Drohung. Der Telempath berührte Reidels Handgelenk, und Reidel hörte, wie eine Stimme in seinem Gehirn ganz deutlich den Befehl gab: *Holen Sie einen Schocker. Halten Sie ihn verborgen. Finden Sie einen Weg, ihn mir zuzustekken.*

Reidel tat so, als wolle er sich übers Feuer beugen, und kam Mathis' Befehl nach. Der Fremde hatte sich, ein wenig ungeduldig, zu seinem Wagen umgewandt. Als sie ihm folgten, hielt er ihnen die Tür auf. Mathis kletterte unbeholfen hinein. Reidel machte es sich neben Mathis bequem, unwillig zwar, aber noch nicht bereit, dem einzigen Menschen seiner eigenen Rasse, der allein auf dieser seltsamen Welt zurechtkommen konnte, den Gehorsam zu verweigern.

Er glaubt ... ich kann es mir nicht ganz erklären ... daß wir ihm aus irgendeinem komplizierten Grund etwas vormachen ...

Reidel drehte sich um, weil er einen Blick auf die anderen zurückwerfen wollte, aber sie waren schon außer Sichtweite. Er hatte keine Ahnung, was Mathis beabsichtigte.

Es war ihm auch ziemlich egal. Er war unglaublich müde, und er hatte durchgehalten, wo von den anderen jeder bis zu einem gewissen Ausmaß zerbrochen war. Er verspürte den überwältigenden Drang, sich auf den bequemen Polstern des Fahrzeugs auszustrecken und zu schlafen, zu schlafen ... Die gelbe Sonne blendete ihn, aber er riß sich zusammen und hielt sich aufrecht, weil er wußte, daß er irgendwie wach bleiben und darauf achten mußte, was Mathis vorhatte.

Mathis rührte sich; der Fremde sah sie an, und aus der Frage in seinem Blick wurde Furcht – denn Mathis hielt den Schocker in der Hand und hielt ihn ihm an die Schläfe. Der Fahrer fuhr in seinem Sitz herum, als wolle er sie anspringen, doch der Telempath drückte auf den Abzug, und der Mann brach über dem Lenkrad zusammen. Schlingernd kam der Wagen zum Stehen.

Reidel sah Mathis an, als habe sich der Zwerg plötzlich in ein tödliches Reptil verwandelt.

»Was haben Sie getan?«

»Sie verdammter Narr!« sagte Mathis voller Abscheu. Und dann: »Entschuldigen Sie, ich vergesse immer wieder ... Ihr kopfblinden Nichttelepathen macht immer einen furchtbaren Aufstand, wenn schnelle Notmaßnahmen ergriffen werden müssen. Er hat nicht geglaubt, was ich ihm erzählt habe.«

»Und doch wollten Sie, daß wir ihn begleiten!«

»Wenn ich den Schocker dort benutzt hätte, wäre jemand vorbeigekommen und hätte den Wagen gesehen. Es mußte hier geschehen, denn hinter der Biegung dort – ich habe seine Gedanken gelesen, als er daran dachte – führt der Weg zu einer großen Schnellstraße, und dort hätte starker Verkehr geherrscht. Wir hätten ihn dort niemals betäuben und dann fliehen können.«

»Sie haben ihn nicht getötet?«

»Zum Teufel, nein. Halten Sie einen Moment den Mund, ja?« Er beugte sich über den Fremden und richtete sich dann wieder auf, das Gesicht weiß vor Anstrengung. »Ich bin bis tief in sein Unterbewußtsein vorgedrungen«, sagte er schwach und atmete lang und tief ein. »Der Schocker wird für eine gewisse Zeit eine Amnesie hinterlassen, doch selbst dann, wenn er über uns spricht, wird ihm niemand glauben. Sofern ich es richtig verstanden habe, wird auf diesem Planeten die Vorstellung, auf anderen Welten könnten Menschen leben, für eine Art Geisteskrankheit gehalten.« Er hielt einen Moment inne. »Es ist nur komisch, daß er mir nicht geglaubt hat«, fügte er dann nachdenklich hinzu. »Ich hatte den Eindruck, daß er ein Telepath war.«

Aber Reidel hörte gar nicht zu. *Die Vorstellung, daß Menschen auf anderen Planeten leben, ist eine Art Geisteskrankheit.* So war es also. Es war ein Gesperrter Planet, und es bestand keine Hoffnung auf Rettung. Seltsamerweise tat diese Erkenntnis gar nicht weh. Die Hoffnung hatte ihnen Schmerzen bereitet, auch die Anstrengung, sie auf einer vernünftigen Ebene niedrigzuhalten. Nun konnten sie ihre Hoffnung begraben und realistische Pläne machen.

»Es liegt an unserer Kleidung«, stieß Mathis hervor. »Nonkonformismus ist hier gefährlich.«

Das kam Reidel, der an über hundert planetare Kulturen gewöhnt war, komisch vor. Dennoch erhob er Einwände, als Mathis nach einem Moment der Konzentration auf den Rücksitz kletterte, einen Koffer hervorholte und ihn Reidel zuschob.

»Darin sind Kleidungsstücke.«

»Wir sind keine Diebe!«

»Wir sind sicherer, wenn er glaubt, wir hätten ihn nur berauben wollen.«

»Sie haben ihn ganz bestimmt nicht getötet?«

»Nein, nein, nein. Dieser Schocker hat nicht mal eine tödliche Ladung! Reidel, wenn wir in Sicherheit sind, diskutiere ich die ganze Nacht mit Ihnen über Ethik; im Augenblick geht es aber ums *Überleben*, selbst wenn dies bedeutet, daß wir ihn töten müssen, und wenn wir hier herumhängen, bis er erwacht, müssen wir vielleicht genau das tun. Steigen Sie in diese Kleidung, Sie Narr! Was wird aus den anderen, wenn jemand vorbeikommt und wir noch hier sind?«

Überzeugt, aber immer noch unwillig zog sich Reidel ein Hemd und Hosen an, die er in dem Koffer gefunden hatte. Sie paßten ganz gut. Mathis wirkte in dem anderen – viel zu großen – Anzug einfach grotesk. Der Zwerg schob seine Finger in die Taschen des Mannes und zog mehrere kleine Gegenstände heraus, aber Reidel schlug sie ihm aus der Hand.

»Hier ziehe ich die Grenze!«

Ohne mit Reidel zu streiten, hob Mathis die Gegenstände wieder auf. *»Überleben«,* sagte er grimmig und durchforstete eine Brieftasche aus rauhem Leder. »Hier benutzt man Wertmarken, keine Krediteinheiten.« Mit ruhiger Entschlossenheit suchte er eine Reihe von Scheinen aus – nicht alle –, ohne auf ihren Nennwert zu achten. Dann steckte er die Brieftasche zurück. »Sehen Sie ihn sich an«, sagte er. »Er sieht gut ernährt aus. Er hat mehr Kleidung, als er am Leib trägt. Er besitzt diesen Wagen, oder kann ihn zumindest benutzen. Wir bringen ihn nicht ernsthaft in Gefahr. Reidel, ich habe gesagt, ich würde später über Ethik diskutieren. Verschwinden wir von hier.«

Reidel sah schuldbewußt zum Wagen zurück. »Wie lange wird er bewußtlos sein?«

»Nicht halb so lang, wie es eigentlich gut für uns wäre«, grämte sich Mathis. »Bis die Amnesie nachläßt und er sich erinnert, wo er uns gefunden hat – nun, bis dahin sollten wir lieber schon irgendwo anders sein.«

Sie trotteten lange Zeit über die Straße zurück, einher zwischen gepflügten Feldern, auf denen lange Reihen von bräunlichen Stauden gepflanzt waren, von denen flauschige weiße Stoffbälle herabhingen. Der Anblick ermutigte Reidel. »Wenn sie Landwirtschaft betreiben, sind wir nicht rettungslos verloren«, sagte er. Der Wüstenstreifen, auf dem sie gelandet waren, hatte ihn mehr verängstigt, als er sich eingestand. Einmal grinste er vor unverhüllter Freude, und Mathis, der mit gesenktem Kopf neben ihm herhinkte, hob seine blutunterlaufenen Augen, die mit Staub und Schweiß verklebt waren. »Worüber sind Sie so glücklich?«

»Ich habe eine Kuh gesehen.«

Mathis runzelte verächtlich die Stirn, aber Reidel war zufrieden; wo es Kühe gab, gab es auch andere Tiere, und wo es Tiere gab, würde er auch einen Platz für sich selbst finden.

Bislang hatten sie jedoch noch nichts gesehen, das eine menschliche Ansiedlung hätte sein können. Reidel fragte sich schon, ob es nicht klüger gewesen wäre, ihr Glück mit dem Fremden in einer Stadt oder einem Dorf zu versuchen, als Mathis plötzlich erstarrte, weil ein ratterndes Donnern hinter ihnen erklang: Ein großer Lastwagen kam zum Stehen, und aus der Führerkabine rief ihnen jemand etwas zu.

Der Telempath lauschte konzentriert; es war unheimlich, wie er in den Verstand des anderen eindrang. Dann antwortete er in einer Sprache, die in Reidels aufmerksamen Ohren noch fremder als die andere klang. »Wir können getrost mit diesen Leuten fahren«, sagte er nach einem kurzen Wortwechsel zu Reidel, der zwar nichts verstanden hatte, Mathis jedoch vertraute. Er schwang sich über einen Lattenaufbau auf die Ladefläche des Fahrzeugs.

Er fand sich von Leuten und ihren mannigfachen Besitztümern umgeben, die ihm im Augenblick allerdings wie der letzte Schrott vorkamen. Da waren mehrere Kinder, ein großes Mädchen und ein alter Mann. In der Fahrerkabine teilten sich ein Mann und eine Frau, die beide nicht mehr jung waren, die Sitze mit zwei sehr kleinen Kindern.

Ohne einen Grund zu wissen, fühlte sich Reidel plötzlich

besser. Die Menschen waren alle dunkelhaarig und dunkeläugig, und ihre Haut wies – wie auch die Reidels – einen Farbton zwischen Bronze und Hellbraun auf. Sie trugen lockere, grobe Kleidung, und Jungen wie Mädchen trugen verblichene, blaue Hosen. Sie sahen die Neuankömmlinge zurückhaltend an, als sich das Fahrzeug ratternd wieder in Bewegung setzte; der alte Mann sagte höflich etwas zu Mathis, und Mathis antwortete in einer guten Nachahmung seiner Sprache. Reidel, der dem Gespräch nicht folgen konnte, hörte zu und kam sich hilflos vor.

Ziemlich abrupt bog der Wagen um eine Kurve, und sie waren da. Mathis schlug auf das Dach der Kabine, und das Fahrzeug hielt; sie stiegen ab, und zu Reidels Überraschung stiegen auch der Mann und die Frau aus.

Linnit lag noch immer im unzureichenden Schatten der dünnen Bäume. Reidel sah, daß Arran verstohlen nach einer Waffe griff. Dionie lief ihnen entgegen. »Oh, ihr wart so lange fort«, rief sie, »ich habe euch kaum in diesen Kleidern erkannt . . .«

Reidel gebot ihr nachdrücklich zu schweigen. Auf diese kurze Entfernung, und in der Gegenwart von Mathis und der telepathischen Cleta, konnten alle Dvanethianer außer Linnit – die zu schwach und erschöpft war, um den Kopf zu heben, geschweige denn zu lauschen – klar und deutlich dem Gespräch zwischen Mathis und dem Mann aus dem Lastwagen folgen. »Ihr Wagen hat also gebrannt, wie ich sehe?« sagte er.

Mathis las die geistigen Bilder des Mannes, übersetzte die Begriffe in Sprache und antwortete ruhig: »Si. Ayer por la noche.«

»Sua familia?«

Die Vorstellung einer Familie war Mathis fremd, aber man hatte ihn auf eine fast übermenschliche Anpassungsfähigkeit konditioniert. Er antwortete augenblicklich und gab die Bestätigung, die der andere erwartete.

Er wußte, was der Mann dachte: daß sie zu seinem eigenen Volk gehörten, daß sie mexikanische Gastarbeiter waren, die illegal die Grenze überschritten hatten, um auf den Baumwollfeldern zu arbeiten. Die Mexikaner hatten eine sehr genaue geistige Vorstellung von Mathis' vermeintlich mißlicher Lage. Und die Telempathen waren so anpassungsfähig, daß Mathis sie ihm im Gegenzug bildlich beschrieb – der Zusammenstoß, der ihn und seine große Familie hier hatte stranden lassen, mit einem ausgebrannten Wagen, einer kranken Frau, einem neugeborenen Kind.

Es spielte für Mathis oder seine Zuhörer kaum eine Rolle, daß er die Worte, die er benutzte, wie von einem unsichtbaren Aufzeichnungsgerät direkt aus dem jeweiligen Bewußtsein seiner Zuhörer holte. Er überzeugte sie. Als er geendet hatte, glaubte er die Geschichte beinahe selbst. Da er auch in enger telepathischer Beziehung mit den anderen stand, sprach er, als er geendet hatte, ein mexikanisches Spanisch mit einem Akzent, der sich nicht von dem des Fahrers unterscheiden ließ, und zumindest Cleta und Dionie konnten sich mit Leichtigkeit in der neuen Sprache verständigen.

»Wohin wir gehen, braucht man immer neue Hände, die kräftig zupacken können«, bot der Mann an, »und dort nimmt man es auch nicht so genau mit den Aufenthaltsgenehmigungen. Dort ist Platz genug für alle; deine Familie kann bei uns bleiben. Kommt mit uns. Wenn euch die Polizei hier findet, wird sie euch über die Grenze zurückschicken.« Er fügte hinzu, was Mathis schon wußte. »Mein Name ist Vincente Arriagos.«

Seine Frau – sie wußten nun, daß sie seine Frau war – ging zu Linnit hinüber und kniete nieder, um das winzige, in das Tuch gehüllte Gesicht zu betrachten. »Pobrecita«, flüsterte sie und hob das Baby mit geschickten, mütterlichen Armen auf.

Cleta wollte protestierten, doch Dionie legte ihr mäßigend die Hand auf den Arm. Ein tiefgründiges Wissen, das auf der Empfänglichkeit des Empathen für Gefühle beruhte, verriet ihr, daß sie jetzt in Sicherheit waren.

Schnell hatte man Linnit auf den Lastwagen gehoben und aus den aufgestapelten Haushaltsgütern eine Matratze geholt, auf die man sie bettete. Sie drängten sich aneinander, bis alle irgendwie Platz gefunden hatten, und der Pritschenwagen fuhr davon. Nur Reidel blickte zurück, als sie sich immer weiter von dem Ort entfernten, wo das dvanethianische Rettungsboot auf die weiten, trockenen Ebenen von Texas abgestürzt war.

Lubbock, Texas. Die Suche der Autobahnpolizei nach zwei »Weltraumbanditen«, die – so ihr Opfer – »mit irgendwelchen Strahlenpistolen« bewaffnet sind, ist ergebnislos verlaufen.

Edward Marcus (23) gab eine zusammenhanglose Geschichte von sich, laut der er am Rande der gewaltigen Branzell-Ranch von zwei Männern angehalten wurde, die »fließende weiße Roben trugen wie die Araber«. Er war auf eine Gruppe von etwa »acht bis zehn« ähnlich gekleideten Männern und Frauen gestoßen, die gebrochenes Englisch sprachen und behaupteten, mit einem »Raumschiff« abgestürzt zu sein. Sie griffen Marcus mit einer unbekannten Waffe an, die ihn bewegungsunfähig machte. Marcus beschrieb sie als »irgendeine rote Pistole mit einer hellen gelben Flamme«. Seinen Angaben zufolge war er zum reglosen Zuhören verdammt, während die Männer, die er als dunkelhäutig und dunkelhaarig beschrieb, seinen Wagen durchsuchten und sich in einer unbekannten Sprache unterhielten. Sie stahlen lediglich ein paar Kleidungsstücke aus einem Koffer und etwa achtzig Dollar Bargeld.

Jerry Willett, Deputy Sheriff von Whiteface, Texas, entdeckte den jungen Mann bewußtlos in seinem Fahrzeug am Rande einer Privatstraße, die zu der eine Million Morgen umfassenden Branzell-Ranch führt. Willett fuhr ihn in ein Krankenhaus in Lubbock, wo er auf seinen Schockzustand und einen Hitzschlag behandelt wurde.

Sheriff Willett berichtete, daß Marcus' Wagen zwar keine Zeichen eines Kampfes aufgewiesen habe, aber ein Koffer mit ganz normaler Wäsche durchwühlt worden sei. Marcus' Brieftasche, die auf dem Boden des Wagens lag, enthielt noch über einhundert Dollar Bargeld und mehrere Kreditkarten, die nicht angerührt wurden. Bei Routinenachforschungen wurde an der Straße lediglich ein Lagerfeuer entdeckt, das wahrscheinlich von Durchreisenden errichtet wurde.

Das Krankenhauspersonal sagte aus, keine Waffe zu kennen, die Marcus' Symptome – einen Schock, eine partielle Lähmung und milde Aphasie und Amnesie – auslösen könne. Auf die Frage, ob Marcus sich in einem berauschten Zustand befunden habe, verweigerte der Krankenhaussprecher jeden Kommentar.

3. Kapitel

Der Mann, der sich Clint Landon nannte, legte die Zeitung nieder, runzelte die Stirn und sagte ein einziges Wort.

»Dvanethianer!«

An ihrem Schreibtisch am anderen Ende des Raums hob Elizabeth Curran den Kopf. »Was haben Sie gesagt, Mr. Landon?«

»Liz, haben Sie die Zeitung gelesen – diese Story über die Weltraumbanditen in Texas?«

Liz kicherte. »Da unten verkauft man starken Schwarzgebrannten.«

»Nein, im Ernst. Was halten Sie davon?«

Liz Currans Augen wurden ernst. Sie war eine große junge Frau, keine Riesenschönheit, aber bemerkenswert gut aussehend, mit glattem dunklem Haar und lächelnden Augen. »Der übliche Mist über fliegende Untertassen, mit einem neuen Aufhänger«, meinte sie. »Man sollte doch meinen, nach den Sputniks und all den anderen Satelliten wäre damit Schluß, aber solche Berichte tauchen immer wieder mal auf. Erst einen Tag zuvor hat man eine Untertasse in Texas gesichtet ...« Sie hielt inne und runzelte die Stirn. »Es war ganz da in der Nähe. Ich wußte doch, daß der Name bei mir was zum Klingeln bringt.« Sie schnippte mit den Fingern und drehte ein paar Zeitungen auf ihrem Schreibtisch um. »Mist! Ich wußte, ich hatte etwas vergessen, und das muß es sein. Ich habe es für Ihre Kartei herausgeschnitten.« Sie fand den Zeitungsausschnitt und gab ihn Landon. »Es tut mir leid; ich habe den Bericht über den Vertrag mit Weber Electronics erstellt, diese Sache mit den Fließbändern, und es ganz vergessen. Ja, ich habe es mir gedacht«, fügte sie hinzu. »Es ist der gleiche Name – Marcus. Ich wette, er war betrunken.«

»Die Wette könnten Sie verlieren«, sagte Landon, aber

nicht unbedingt zu dem Mädchen. Er musterte die Zeitungsausschnitte, die er nebeneinandergelegt hatte, und Liz schwang ihren Stuhl herum.

»Verraten Sie mir mal etwas, ja, Mr. Landon? Aber jetzt im Ernst.«

Landon lachte. »Schießen Sie los. Vielleicht antworte ich nicht, aber fragen können Sie ruhig.«

Liz Curran musterte ihren Arbeitgeber eine Minute, ohne ihre Frage zu formulieren. Oberflächlich gesehen unterschied er sich in nichts von den anderen Geschäftsleuten im Gebäude, in der Straße, in der Stadt; doch sein Gesicht war Zug um Zug auffallend, mit starken, stolzen Knochen und einer unbestimmbaren Würde. Er war ein hochgewachsener Mann, noch nicht ganz in mittlerem Alter, mit dunklem Haar, das an den Schläfen gerade zu ergrauen begann, und er sah aus wie der kompetente und wohlhabende Mann, der er auch war, wie ein Mann, der irgendwann früher schwere körperliche Arbeit geleistet hatte.

An ihm war nichts Geheimnisvolles – oberflächlich gesehen.

Schließlich stellte sie die Frage. »Was haben Sie davon, Mr. Landon, wenn Sie all diesen schrecklichen Lügenmärchen über fliegende Untertassen nachspüren? Sie sind ein überaus angesehener Berater für Fragen der Produktherstellung. Sie haben mehr Verträge, als Sie bewältigen können, aber ich wette – ich wette um einen Wochenlohn –, daß Sie morgen in einem Flugzeug nach Texas sitzen, um diesem Unsinn über die Weltraumbanditen nachzugehen!«

»Die Wette haben Sie verloren«, sagte Landon. »Ich fliege nicht morgen, sondern noch diese Nacht.« Dann wurde sein Gesicht hart.

»Liz, kennen Sie die Geschichte von dem jungen Schafhirten, der ›Wolf!‹ rief? Es gibt so viele Sauregurkenzeit-Storys und Falschmeldungen über fliegende Untertassen aus dem All, daß ihnen niemand mehr Beachtung schenkt. Wenn unter all diesen Halluzinationen und Täuschungen eine wahre Geschichte steckt, könnte sie ganz leicht übersehen werden. Sagen wir es so – wenn es diese eine wahre Story gibt, will ich es wissen.«

»Ich verstehe«, sagte Liz und rief sich in Erinnerung zurück, was sie gelesen hatte. »Die Branzell-Ranch . . . Branzell . . . ich kenne diesen Namen.«

»Es ist eine der größten Ranches in Texas«, sagte Landon, »und ihm gehört eine Zeitung. Lebt jetzt im Ruhestand, aber als er die Zeitung noch selbst herausgab, hat er . . . lassen Sie mich nachdenken. Ja, ich habe eine seiner Sauregurkenzeit-Storys überprüft. Habe ihn nie kennengelernt, aber er wird sich wahrscheinlich noch an meinen Namen erinnern.«

Liz musterte ihn und konnte sich nicht entscheiden, ob sie lächeln oder die Stirn runzeln sollte.

»Ich rieche einen Werbegag. Und der Vertrag mit Apperson Electronics ist auch noch nicht im trockenen. Sie wollen doch wohl nicht nach Texas jagen, bevor Sie den unter Dach und Fach haben, oder?«

Landon trommelte schwankend mit den Fingerkuppen auf dem Schreibtisch. »Melden Sie ein Ferngespräch an«, sagte er schließlich. »Versuchen Sie, ob Sie mir Branzell ans Telefon holen können. Ich werde zuerst mit ihm reden.«

Liz nickte und nahm den Hörer ab.

Dies war nichts Neues für sie. Landon war freiberuflicher Herstellungsanalytiker, der auf den Gebieten Produktionssteigerung bis hin zur Sonderanfertigung von Fließbändern arbeitete. Er hatte einen ausgezeichneten Ruf, war nur für beachtliche Honorare zu haben und verfaßte zwischen den einzelnen Aufträgen technische Artikel, für die bei den Fachzeitschriften eine beträchtliche Nachfrage bestand.

Doch im Gegensatz zum Geschäftsmann Landon schien der Schriftsteller Landon eine Jekyll-und-Hyde-Mentalität aufzuweisen. Unter verschiedenen Pseudonymen schrieb er gelegentlich äußerst farbige Science-fiction; und in den letzten Jahren hatte er es sich zum Hobby gemacht, Berichte über die sogenannten fliegenden Untertassen zu verfolgen und auf ihren Wahrheitsgehalt zu überprüfen.

Liz hatte Branzell am Telefon.

»Hallo, Steve? Hier ist Clint Landon. Vielleicht erinnern Sie sich nicht mehr an mich, aber ich habe vor ungefähr vier Jahren diesen Humbug über die fliegenden Untertassen von Canajoharie für Sie überprüft. Klingelt bei Ihnen etwas?«

»Kann man wohl sagen«, antwortete die tiefe, freundliche Stimme am anderen Ende der Leitung. »Sie haben die Burschen gefunden, die das Ding aus Altmetall zusammengenagelt hatten, und mir eine Menge Ärger erspart – gar nicht davon zu reden, daß Sie unseren Chef vom Dienst davor bewahrt haben, sich zu einem verdammten Narren zu machen. Kann ich Ihnen nun einen Gefallen erweisen?«

»Könnte schon sein. Ich habe festgestellt, daß Sie sich schon wieder in die Zeitungen gebracht haben.«

Die angenehme Stimme war plötzlich gar nicht mehr so angenehm. »Clint, diese Sichtung – sie war echt. Die Jungs von der Air Force haben sie auf den Radarschirmen gehabt; einen Meteor, sagten sie später. Wie es schon in der Zeitung zu lesen war, ich hielt es für einen Flugzeugabsturz. Ganz in der Nähe liegt ein Ausbildungsstützpunkt der Air Force, und wir dachten, ein Jet sei abgeschmiert. Es ist nur ...«

»Das meine ich nicht«, unterbrach Landon. »Ich meine die Sache mit dem Weltraumbanditen.«

Branzell fluchte so schrecklich, daß Liz am Nebenanschluß fürchtete, das Fernamt würde die Verbindung unterbrechen. »Der Junge hat etwas gesehen, Clint. Er ist immer noch im Krankenhaus. Hat ein paar ziemlich seltsame Verbrennungen.«

Landons Gesicht veränderte sich, als habe ihm jemand einen schweren Schlag in den Magen versetzt.

»Verbrennungen? Sie sagten ... Verbrennungen? Könnten das nicht Schießpulververbrennungen sein?«

»Nein, das sind ganz bestimmt keine Pulververbrennungen. Die Leute im Krankenhaus haben ihnen nicht viel Beachtung geschenkt, aber für mich sahen sie aus wie Schwefel- oder Magnesiumverbrennungen. Verdammt seltsam.«

»Allerdings. Hören Sie, Steve, ich frage mich ...«

»Ich weiß, was Sie sagen wollen. Ich wollte auch gerade fragen, ob Sie sich noch damit befassen, solchen Dingen berufsmäßig nachzugehen.«

»Ich komme mit der Abendmaschine«, sagte Landon grimmig. »Aber ich warne Sie, Steve. Wenn das ein Publicity-Gag sein sollte, verraten Sie es mir lieber gleich. Wenn ich es als Werbegag enthülle und herausfinde, daß Sie mich hereingelegt haben, können Sie sich darauf verlassen, daß ich Ihre Sonntagsausgabe zerreiße und sie Ihnen Seite für Seite in den Mund stopfe.«

»Wenn man Sie hereingelegt hat, dann mich genauso«, sagte Branzell hitzig, »und wenn Sie herausfinden, daß einer meiner Redakteure einen Narren aus mir macht, dann findet er sich auf der Straße wieder. So oder so komme ich für Ihre Unkosten auf – das ist es mir wert, auch wenn sich nur herausstellen sollte, daß alles ein schlechter Scherz war.«

»Wir sehen uns heute nachmittag«, sagte Landon und hängte auf. Liz legte ihren Nebenapparat ebenfalls auf und sah ihren Arbeitgeber bestürzt an. »Was ist mit dem Apperson-Vertrag?«

Landon sah besorgt aus. »Ich kann nichts daran ändern. Hören Sie, Liz – ich kenne Branzell, und ich glaube nicht, daß er sich einen Scherz erlaubt. Es kann natürlich sein, daß ihm jemand einen Bären aufbindet, aber das Risiko müssen wir eben eingehen. Reservieren Sie mir einen Flug in der Nachmittagsmaschine. Ich gehe packen.«

Liz Curran legte die Hände auf die Hüften. Ihre dunklen Augen sprühten Funken.

»Und Sie jagen bis nach Texas«, platzte sie schließlich heraus, »nur um ein paar Spinner zu entlarven? Na ja, ich hoffe nur, daß Sie diese Lügengeschichte ein für allemal klären.«

»Glauben Sie mir«, sagte Landon mit tiefempfundenem Nachdruck, »das hoffe ich auch.«

Sie starrte ihn mit offenem Mund an. »Das ... *hoffen* Sie auch?«

»Ja«, sagte Landon hart. »Denken Sie doch nur mal eine Minute über die Alternative nach.«

Er ging hinaus, und sie sah ihm sprachlos nach.

Landon stieg zwei Treppenfluchten zu seiner Wohnung hinauf, wo er sein ruhiges, berufsmäßiges Gehabe wie Hut und Mantel ablegte. Nun wirkte er verkrampft und grimmig. Er schloß die Tür sorgfältig ab und legte eine schwere Sicherheitskette vor. Eine antike Uhr schwang auf einem Zapfen herum und enthüllte ein dünnes Blatt aus einer glasartigen Substanz, das ein Spiegel hätte sein können, aber nichts außer der eigenen komplexen kristallenen Struktur reflektierte.

Einschließlich des Telempathen Mathis, der momentan in einer schrottreifen Klapperkiste durch Nordtexas fuhr, hätten auf diesem Planeten genau fünf Leute den Apparat als das erkannt, was er war. Landon stand davor, eine Statue aus angespannter Konzentration, bis tief im Schirm eine winzige Nadelspitze aus Licht aufleuchtete.

Der Mann, der die Nachricht empfing, hatte Landon seit dreißig Jahren nicht mehr gesehen – und er würde ihn auch nie wiedersehen. Physisch befand er sich irgendwo in Nordindien. Übersetzt hätte ihr Gespräch etwa folgendermaßen gelautet, hätte man es in Worte gefaßt:

– Vialmir hier.

– Clannon/Landon berichtet. Einige Freunde von zu Hause (er bedachte die Worte mit dem gesamten telepathischen Symbolwert, den sie eben noch verkraften konnten)

sind möglicherweise in dieser Hemisphäre gelandet. Ich habe gerade einen Bericht erhalten, der darauf schließen läßt, daß jemand mit einem kleinkalibrigen Schocker angegriffen wurde.

– Von Rechts her dürfen sich keine Schiffe in diesem Zeitsektor aufhalten.

– Erinnern Sie sich an den Meteor letzte Nacht? Ich hatte einen Ausschlag auf dem Photonenumwandlungsband. Nur ein Zittern, ein Tänzeln, aber auf diesem Planeten findet keine natürliche Photonenumwandlung statt. Es muß eine Implosion gewesen sein.

– Das würde eine illegale Landung bedeuten; dieser Planet ist gesperrt.

– Ja, oder es könnte ein abgestürztes Rettungsboot gewesen sein. Auf jeden Fall muß ich der Sache nachgehen. Bleiben Sie in Bereitschaft – und wünschen Sie mir Glück.

– Sie werden es brauchen, Clannon.

Clannon, oder Landon, grinste bitter. Er schloß das Zifferblatt der Uhr wieder und fing an zu packen.

Liz hatte mit den Reservierungen Glück gehabt. Um drei Uhr nachmittags war Landon in Lubbock und wurde vorbei an Redaktionsbüros, in denen sich die Menschen drängelten, und großen Räumen, in denen die Druckmaschinen donnerten, zu einem ruhigen Konferenzraum geführt. Als er eintrat, erhob sich ein großer, unglaublich dünner Mann mit einem blonden, ungebändigten, noch nicht ergrauten Haarschopf und reichte ihm die Hand.

»Landon? Nett, Sie kennenzulernen.«

Als sie sich setzten, musterte Landon den Mann knapp.

»Ich dachte, nach dieser Canajoharie-Sache wären Sie sauer auf mich, Steve. Ich habe Ihnen eine gute Story für die Titelseite verdorben.«

»Nur eine wahre Story ist auch eine gute Story«, sagte Branzell und fixierte Landon. Sein scharfer, durchdringender Blick hielt dem des anderen Mannes stand. »Das wollen wir von vornherein klarstellen. Wenn eine Story getürkt ist, will ich es wissen, bevor sie gedruckt wird, und nicht hinterher.«

Landon nickte zufrieden. Er merkte es normalerweise, wenn man ihn anlog. »Gut. Haben die Zeitungen Sie also richtig zitiert, oder haben die Reporter etwas falsch verstanden? Haben Sie es wirklich gesehen?«

»Ich sah eine Feuerspur, die alles mögliche hätte sein können. Ned – der junge Marcus – fuhr hinaus und wollte der Sache nachjagen, aber zum Teufel, mir gehören über eine Million Morgen, und überall wachsen Mesquitebüsche und Strauchkiefer.«

»Und Meteore brennen aus, bevor sie den Boden erreichen, falls es ein Meteor war. Aber diese Sache mit den Weltraumbanditen?«

Branzell beugte sich vor und ballte die Fäuste. »Landon, *irgendwas* ist diesem Jungen zugestoßen. Er war auch nicht betrunken. Ich habe nie erlebt, daß er mehr als eine Dose Bier getrunken hat.«

»Er wohnt bei Ihnen?«

»Nicht die ganze Zeit über«, sagte Branzell. »Diesen Sommer. Irgendwer kam auf die Idee, daß es auf der Ranch Uranvorkommen geben könnte, und mir gefiel die Vorstellung nicht, ein geologisches Gutachten in Auftrag zu geben. Aber Ned – mein Neffe – war gerade mit der Ingenieurschule fertig, und so machte ich ihm einen Vorschlag. Er sollte mit einem Geigerzähler über das Land gehen und die Bodenformationen untersuchen – oder was auch immer man da tut. Hätte er etwas gefunden, hätte ich ihm einen fetten Bonus gegeben.« Er lachte geringschätzig. »Ich fürchte, keiner von uns hat es ganz ernst genommen.«

»Wurde er schlimm verletzt?«

»Er war hauptsächlich benommen. Schien mich kaum zu erkennen, als ich ihn im Krankenhaus besuchte.«

Das stimmte mit dem überein, was Landon über Schokker wußte. Aber über kurz oder lang mußte er sich den Jungen einmal persönlich ansehen; ein Blick auf die geheimnisvollen »Verbrennungen«, und seine Theorie würde sich als richtig oder falsch erweisen.

Branzell erzählte ihm, Marcus sei heute morgen aus dem Krankenhaus entlassen worden. »Sie können natürlich mit mir zur Ranch zurückfahren. Ich leihe Ihnen einen Wagen, und Sie können die Nachforschungen von dort aus betreiben.«

Als sie unterwegs waren, sagte Landon: »Steve, ich frage es nicht gern. Aber – würde der Junge Ihnen einen Streich spielen? Nur einen dummen Jungenstreich vielleicht, der gar keinen Schaden anrichten soll?«

Branzell hielt die Augen auf die Straße gerichtet. »Aus dem Stegreif würde ich es nicht für möglich halten«, antwortete er langsam, aber Landon spürte, daß er etwas verschwieg.

»Hören Sie, Steve, ich will Sie nicht beleidigen, aber . . . da ist etwas, das Sir mir nicht sagen.«

Branzell sah ihn immer noch nicht an. Seine Hände zitterten, obwohl er das Lenkrad gepackt hielt. »Es klingt einfach verrückt.«

Landon hielt seine Stimme ganz nüchtern. »Was es auch ist, Steve, ich habe schon Verrückteres gehört.«

»Ja«, sagte der ältere Mann unsicher und schluckte. »Sie begegnen ja vielen Irren. Na gut, glauben Sie mir oder glauben Sie mir nicht. Sylvia – meine Nichte –, Sylvia hat den verdammten Meteor, oder was immer es war, *vorausgesagt*. Zwanzig Minuten bevor er aufschlug schickte sie uns hinaus, damit wir auch ja auf ihn achteten. Am nächsten Morgen schickte sie Ned los und ließ ihn die Privatstraße abfahren, genau die, an der diese . . . diese Leute ihn aufgehalten haben.«

Landon enthielt sich einer Antwort. Er hatte keine. Entweder sagte Branzell die Wahrheit, oder er war ein ausgezeichneter Schauspieler. Auf jeden Fall zog Landon es vor, vorerst noch kein Urteil zu fällen.

Branzell bog in eine Privatstraße ein, deutete auf den

Punkt, wo der Sheriff Marcus in dessen Wagen gefunden hatte, fuhr dann noch ein paar Meilen, lenkte den Wagen an den Straßenrand und hielt an.

»Das ist die Stelle, wo er sie gefunden hat. Der Sheriff sagt, jemand habe hier kampiert. Ich stelle BETRETEN-VERBOTEN-Schilder auf, aber die lassen sich einfach nicht . . .« Branzell drückte plötzlich die Wagentür auf und stieg aus.

»Was ist in Sie da drüben gefahren?« rief er. »He, Sie da, sehen Sie nicht, daß dieses Gelände eingezäunt ist?«

Es raschelte, und ein junger Mann kam aus einem Mesquitedickicht. Er trug Jeans und Fallschirmspringerstiefel, und an seiner Hüfte baumelte ein kastenförmiger Apparat. Branzell zog die Augenbrauen hoch, als er ihn sah, und Landon verkrampfte sich vor Anspannung, als er das Gerät erkannte; es war ein kostspieliger Geigerzähler.

»Es ist Marcus«, sagte Branzell, und dann, an den Jungen gewandt: »Großer Gott, Ned, ich habe dir doch gesagt, daß du es ein paar Tage ruhig angehen lassen sollst.«

Marcus antwortete nicht. Schwankend machte er einen Schritt und dann noch einen, und plötzlich stieß Landon die Tür an seiner Wagenseite auf, duckte sich mit einem Satz unter den Zaun hinweg und lief auf den Jungen zu.

»Er ist krank, irgendwas stimmt hier nicht«, sagte er eindringlich. Branzell tauchte unter dem Drahtzaun hinweg und lief auf sie zu.

»Was ist los mit dir, Ned?« fragte er.

Ned Marcus stützte sich mit den Händen auf dem Zaunpfahl ab und lehnte sich schwer darauf. Sein Gesicht wies eine ungesunde, schmutzigweiße Farbe auf. Er japste nach Luft, schluckte schwer und brachte endlich ein paar Worte hervor.

»Steve, ich . . . ich schätze, du holst den Sheriff lieber noch mal. Da drüben liegt ein Toter im Unterholz!«

4. Kapitel

Am Nachmittag des nächsten Tages holte Landon Liz Curran am Flughafen ab; und auf dem Rückweg zur Branzell-Ranch erläuterte er ihr die Ereignisse, die der Entdeckung der Leiche gefolgt waren.

Branzell war zum Sheriff gefahren; Landon und Marcus waren an der Fundstelle zurückgeblieben und hatten einander eine lange halbe Stunde angestarrt, bis der Rancher mit der Polizei zurückgekommen war. Nach einiger Zeit erlaubten ihnen die dazugekommenen Ranger, näher zu treten und einen Blick auf die Leiche zu werfen, und Landon hatte den Schock seines Lebens bekommen.

Ein Blick, und seine Zweifel waren verschwunden.

Er hatte den Toten natürlich nicht persönlich gekannt. Aber der starke rassische Einschlag, dem seinen nicht unähnlich, das schwach schimmernde Tuch, in das man die Leiche eingehüllt hatte, die Art, wie das tote Gesicht verhüllt war – dieser Mensch war nicht auf der Erde geboren worden.

Benommen und starr stand er daneben, während sie die Leiche untersuchten. »Mexikaner, schätze ich. Sehen Sie, seine Brust ist eingedrückt.«

»Was wird jetzt geschehen?« fragte Landon.

»Der Leichenbeschauer wird eine Autopsie durchführen«, sagte der Sheriff dickfellig. »Wir werden ihn aber kaum identifizieren können. Noch ein illegaler Einwanderer. Irgendein Name auf dem Totenschein, bei Ankunft verschieden, und der Staat muß schon wieder für ein Begräbnis aufkommen.«

Landon empfand eine seltsame Erschütterung, als er auf den Alten hinabsah. Ob er nun, wie Landon annahm, ein gelehrter und gebildeter Mensch einer Zivilisation war, die jedwedes Verständnis des Sheriffs bei weitem überstieg, oder ob er nur war, wofür die anderen ihn hielten – ein alter Landstreicher, ausgestoßen und verlassen –: Er hatte die Würde des Alters und des Todes, und Landon protestierte impulsiv.

»Verschaffen Sie ihm ein anständiges Begräbnis. Ich komme für die Unkosten auf.«

Branzell und Marcus starrten ihn an, als hätte er den Verstand verloren. Dann runzelte auch der Polizeibeamte die Stirn, musterte ihn und klappte den Mund auf.

»In den letzten drei Tagen bin ich dreimal hier draußen gewesen«, sagte er, »und diesmal wäre ich, zum Teufel, beinahe gar nicht gekommen, weil ich dachte, es wäre schon wieder ein ...« Sein Ausdruck war nicht druckreif. »Hören Sie, hier geht es nicht um einen Unfall mit Fahrerflucht. Jemand hat ihn bis auf die Haut ausgezogen und in ein Bettlaken gehüllt – verdammt gute Qualität übrigens –, und ihn dann in dem Busch da versteckt. Also, nur der Form halber, wer von Ihnen hat ihn überfahren? Und warum haben Sie diese verrückte Weltraumbanditen-Story aufgezogen? Das ist fahrlässige Tötung, und ich werde der Sache auf den Grund gehen.«

Als er durch den sonnenhellen Nachmittag fuhr, Liz' erwartungsvolles Profil ihm zugewandt, wünschte sich Landon, er könne sich ihr anvertrauen. Aber er konnte nur sagen: »Natürlich war es kein Problem für mich zu beweisen, daß ich in New York war, als der alte Mann starb. Aber Branzell hatte es nicht so leicht.« Trotz seiner Besorgnis mußte er lächeln, als er daran dachte; Branzell war es nicht gewohnt, Rechenschaft darüber abzulegen, wo er sich aufgehalten hatte, und es hatte ihm ganz und gar nicht gefallen, als man ihn danach gefragt hatte.

Dann wurde er wieder ernst.

»Ich mag ihn, Liz. Und vielleicht steckt er wirklich in Schwierigkeiten.«

»Dann glauben Sie, daß die Leute, die Marcus gesehen hat, vielleicht die wahren Mörder sind?«

»Ich glaube nicht, daß es überhaupt einen Mord gegeben hat«, sagte Landon und verfiel in ein dumpfes Schweigen.

Er kam sich für seine Aufgabe überwältigend schlecht gerüstet vor. Seit er auf der Erde stationiert war, waren seine Pflichten fast lediglich nominell gewesen: Er mußte die Augen offenhalten und dann und wann einen Bericht abfassen. Die Bedrohung durch die Rhu'inn war in diesem Teil der Galaxis zu akut, um durch häufige Kommunikation die Aufmerksamkeit auf einen bestimmten Planeten lenken zu dürfen. Es gab Tausende von Möglichkeiten wie diese, für die er keine genauen Instruktionen hatte. Er konnte nach eigenem Gutdünken verfahren, vorausgesetzt, er gab die Geheimhaltung nicht auf oder vernachlässigte seine eigentliche Aufgabe auf der Erde.

»Liz«, sagte er, »ich möchte, daß Sie sich jede Zeitung vornehmen, die in Texas erscheint. Tägliche Stadtzeitungen, aber auch die wöchentlich erscheinenden Kleinstadtblätter. Durchkämmen Sie sie auf alles Ungewöhnliche – alles, was Sie irgendwie stutzig macht.«

»Fliegende Untertassen?«

»Oder alles andere.«

»Und was werden Sie nun tun?«

»Ich würde es Ihnen nur zu gern sagen, wenn ich es wüßte, Liz«, meinte Landon und verfiel erneut in grimmiges Schweigen.

Denn wenn ich es Ihnen sagen könnte, hieße das, ich wüßte, was jetzt zu tun ist.

Aber er wußte nur eins – eine erschütternde Tatsache. Ein Rettungsboot der Dvaneth-Föderation war gelandet und implodiert. Es hatte Überlebende und einen Toten gegeben. Aber wohin waren sie gegangen? Was konnten sie tun?

Eigentlich konnten sie nur eins tun: in den Planeten eintauchen und warten, bis sich die Wellen über ihren Köpfen nicht mehr kräuselten, wie er es auch getan hatte. Je länger er die Suche nach ihnen noch hinausschob, desto unwahrscheinlicher wurde es, daß er sie jemals fand. Es würde immer schwieriger werden, sie von den Erdenmenschen zu unterscheiden, wenn sie sich dieser Welt anpaßten.

Aber gerade am Anfang unterliefen ihnen vielleicht ein paar Fehler, und die würden ihn auf ihre Spur bringen.

Er setzte Liz ab und fuhr zu einem großen Elektrowarenhandel. Dann überlegte er es sich anders und fuhr zu einem großen Versandhandel weiter, wo er einen taschengroßen Geigerzähler, Fabrikat »Snooper« der Firma Geiger-Muller, kaufte. Das Gerät war nicht besonders empfindlich, würde jedoch messen, wonach er suchte – falls es etwas zu messen gab.

Er fuhr allein die Straße zur Ranch entlang, stellte den Wagen ab, schlüpfte durch den Zaun und suchte nach den Feuerspuren. Ja, jemand hatte hier kampiert. Zentimeter um Zentimeter suchte er den Boden ab, und schon nach kurzer Zeit wurde seine Sorgfalt von einem zerknüllten Etwas aus einem Material belohnt, das für Papier zu dick und für Plastik zu dünn war. Landon rieb es mit den Fingern glatt. Es ertönte ein surrendes Geräusch, und eine Stimme sprach mehrere dvanethianische Silben. Offensichtlich war dieser Fetzen der Tonbandhülle der Vernichtung entgangen, die das dvanethianische Recht für alle Gegenstände auf nicht der Föderation angehörigen Planeten verlangte, oder aber die geheimnisvollen Überlebenden hatten das Gesetz einfach ignoriert. Landon steckte den Fetzen ein, um ihn später zu verbrennen; er konnte nur von Glück reden, daß der Sheriff ihn nicht gefunden hatte.

Er suchte weiter, fand aber nichts mehr. Der Geigerzähler tickte leise vor sich hin; er gab das Hintergrundrauschen wieder, aber nicht mehr, und Landons Frustration wuchs. Der Implosionsort konnte nicht weit entfernt sein; zumindest der Mann mit dem zerschmetterten Brustkorb konnte nicht sehr weit gekommen sein.

Wenn er Glück hatte, konnte die Reststrahlung ihn noch zum Implosionsort führen. Er konnte kaum acht oder zehn

Quadratmeilen Büffelgrasland zu Fuß abschreiten. Eigentlich hätte er ein hochempfindliches Meßgerät benötigt, doch das konnte man nicht in der Jackentasche mit sich führen.

Ein Geräusch im Unterholz ließ ihn innehalten und den Geigerzähler in die Manteltasche stecken. Aus den Mesquitebüschen kam Ned Marcus.

»He, das ist ja eine Überraschung«, sagte Marcus. Aber er klang nicht gerade erfreut.

»Jagen Sie Ihre Weltraumbanditen?«

»Die Polizei ließ mich gehen, als das Krankenhaus meine Geschichte bestätigte. Ich kam zurück, um zu sehen, was ich hier finden kann. Steve Branzell sitzt im Gefängnis. Oder haben Sie das nicht gewußt?«

»Doch, ich weiß es. Ich glaube, wir beide suchen nach der gleichen Sache«, sagte Landon ziemlich grimmig. Er hatte gerade festgestellt, daß er Ned Marcus' Gedanken nicht lesen konnte.

Landon war kein guter natürlicher Telepath. Doch wie alle Dvanethianer hatte er eine gewisse Erfahrung; normalerweise konnte er mit einiger Anstrengung die Gedanken eines nichtsahnenden Gegenübers lesen.

Aber Ned Marcus hatte, wie viele andere Menschen auf diesem übervölkerten Planeten, auf dem sich Stadt an Stadt reihte, ausgezeichnete Schutzmaßnahmen gegen unterbewußtes Gedankenlesen von Passanten entwickelt. Menschen, die die Existenz der Telepathie nicht offiziell anerkannten, wiesen oftmals die besten natürlichen Verteidigungsmaßnahmen gegen sie auf, wie Landon herausgefunden hatte. Und in seltenen Fällen hatten einzelne Menschen wie Marcus eine perfekte natürliche innere Barriere.

Landon nannte es Wechseldenken – man richtete seine Gedanken schnell auf stets neue, zusammenhängende Themenkreise, so daß ein gewöhnlicher Telepath, der keine Spezialausrüstung verwendete, keinem einzigen dieser Gedanken folgen konnte, ohne sich zu verraten. Da Landon nicht willens war, sich zu verraten, gab er den Versuch auf.

Marcus hatte den Geigerzähler vor der Brust hängen. Es war ein kostspieliges Gerät mit empfindlichen Meßstäben und einer besonderen Vorrichtung für das Messen im Erdreich, genau die Art Instrument, die Landon gewollt, aber nicht zu mieten oder kaufen gewagt hatte; die Einzelhandelsgeschäfte führten normalerweise genau Buch über den Verkauf solcher empfindlichen, kostspieligen Geräte, und scheinbar hatte Landon keinen wirklichen Grund, sich solch ein Gerät zuzulegen.

»Sie glauben nicht an fliegende Untertassen, oder?« fragte Marcus feindselig.

»Ich glaube, was ich sehe«, wich Landon aus.

»Und Sie meinen, wenn Sie sich hier lange genug umschauen, werden Sie eine sehen?«

»Hören Sie doch mit dem Unsinn auf«, sagte Landon. »Ich bin aus dem gleichen Grund wie Sie hergekommen – denke ich mir jedenfalls. Ich will sehen, was ich herausfinden kann, um Ihre Weltraumbanditen-Story zu bekräftigen, oder ob Sie nur über einen gewöhnlichen Mord gestolpert sind, oder was hier geschehen ist. Spüren wir der Sache doch gemeinsam nach.«

»Für den Moment kaufe ich Ihnen das ab«, sagte Marcus. »Mein Wagen steht da drüben, und ich habe ein paar Dosen Bier in einer Kühltasche. Gehen wir zurück und trinken etwas.«

Landon folgte ihm. Er war sich des unterdrückten Klikkens seines kleinen Geigerzählers genau bewußt. Obwohl das Geräusch durch den Mantelstoff gedämpft wurde, klang es wie das ziemlich laute Zirpen einer Grille. Doch Marcus schien es nicht zu bemerken. Sie erreichten den abgestellten Wagen, und Marcus griff über den Sitz, um eine tragbare Kühltasche herauszuholen, während Landon herumschlenderte, um über das schier unermeßlich weite

Land zu schauen, das er von dem kleinen Erdhügel überblicken konnte.

Klick. Klick. Klick-klick-klick ...

Das plötzliche Rasen des versteckten Geräts klang in Landons Ohren wie eine Kesselpauke, doch Marcus schien es nicht zu hören; er stöberte im Handschuhfach, fand einen Öffner, stieß ein Loch in die Bierdose und reichte sie Landon. Weißer Schaum sprudelte hervor. Dann öffnete er noch eine.

»Danke.« Landon hob die Dose und trank, aber Marcus tippte sich an den Kopf und lauschte.

Klick-klick-klick-klickklick.

»Was zum Teufel ...« Landon taumelte zurück, als ihm die Dose aus der Hand geschlagen wurde; mit einem heftigen Ruck stieß Marcus eine Hand in seine Manteltasche und riß den Geigerzähler heraus. »Hab' ich's mir doch gedacht!« Er schleuderte das Gerät zu Boden, wo es leise vor sich hin klickte. »Klugscheißer!«

»Ich kann es erklären ...«

»Sie sind gut, wenn es ums Erklären geht!« Marcus warf ihm einen wütenden Blick zu. »Die Frage ist nur, ob ich Ihnen glaube! Gehören Sie zu einer der großen Förder- oder Verarbeitungsgesellschaften? Das allein würde Sinn ergeben. Sie versuchen, die Schürfrechte zu kaufen, bevor Branzell erfährt, was eine Lizenz wert ist! Und Sie haben diesen Unsinn mit der fliegenden Untertasse aufgezogen, um ernsthafte Investoren abzuschrecken!«

Landon lachte.

»Wenn Sie sich das Ding ansehen, werden Sie feststellen, daß ich damit kaum auf Erzsuche gehen kann. Es ist nur ein Spielzeug.« Er bückte sich, um es aufzuheben, doch Marcus trat es mit einem heftigen Stoß außer Reichweite. Es hörte auf zu klicken.

Landon hielt den Jungen wachsam im Auge und fragte sich, ob er sich mit ihm schlagen mußte. »Das klingt, als hätten Sie einen Fund gemacht – und Angst davor, daß auch ich die Hand aufhalte. Reden wir offen miteinander. Sie arbeiten für Branzell, ich nicht. Sie würden bezahlt, wenn sich hier etwas findet, ich nicht. Aber es gibt kein Gramm Uran hier.«

Marcus blickte ihn nur finster an. »Sie hätten gern, daß ich Ihnen das glaube, was? Ich frage mich, ob das FBI nicht interessiert sein könnte.«

Landon dachte schneller, als er in all seinen Jahren auf der Erde je gedacht hatte. Er *mußte* eine wissenschaftliche Untersuchung dieses Gebietes verhindern. Ein Junge, frisch von der Schule, mit einem Geigerzähler: das war eine Sache; eine Gruppe Profis, die die Gegend durchkämmten, war eine ganz andere.

Marcus kam drohend auf ihn zu.

»Ich weiß noch nicht, was Sie vorhaben, Landon – aber, zum Teufel, es gefällt mir nicht. Fliegende Untertassen – da lachen ja die Hühner!«

Allmählich stellte sich bei Landon der Eindruck ein, daß er den Jungen sogar unterschätzt hatte. Körperlich war er Marcus nicht gewachsen, sollte es zu einem Kampf kommen, und auf keinen Fall durfte er Ärger riskieren. Seine ganze sorgfältig aufgebaute Identität als Clint Landon beruht auf der Annahme, daß man nahezu allen geheimen Unternehmungen und Studien nachgehen konnte, solange man sich um seine eigenen Angelegenheiten kümmerte, die Steuern bezahlte, sich von Kriminellen fernhielt und keinem Verbrechen zum Opfer fiel. Aber sein Lebenslauf würde keiner genauen Nachforschung standhalten, und der geringste Hauch von Publizität wäre im Moment eine Katastrophe.

Der Tote war kein schlüssiger Beweis, daß die Überlebenden harmlose, gestrandete Dvanethianer waren. Rhu'inn hätten einen unglücklichen Gefangenen oder ein Unfallopfer benutzen können – sie setzten ihre menschlichen Opfer skrupellos ein –, um einen Beobachter von der Spur abzubringen. Koste es, was es wolle, er mußte sich seine Bewegungsfreiheit erhalten. Und das bedeutete, daß er ein geradezu verzweifeltes Risiko eingehen mußte.

»Ich weiß, was Sie gefunden haben«, sagte er. »Diesen angeschwärzten Fleck dort drüben.«

Marcus wandte den Kopf ein Stück und musterte Landon mit düsterem Mißtrauen. »Ich habe ihn gesehen.«

»Haben Sie eine Bodenprobe entnommen? Sie wissen, daß mein kleiner Tick-Tack nicht dazu imstande ist. Ich kann Ihnen genau sagen, was Sie finden werden.«

»Weil Sie es selbst dort versteckt haben?«

»Seit der Erfindung des Geigerzählers bin ich nicht mehr in Texas gewesen«, sagte Landon müde, »und das kann ich beweisen.«

Marcus zögerte, und Landon nutzte seinen Vorteil aus. »Ich weiß, wodurch diese Stelle entstanden ist. Sie werden einen kleinen Kreis aus verkohltem Gras finden, umringt von radioaktivem Kohlenstoff. Innerhalb des Kreises werden Sie ein paar Unzen schweren, rötlichen Staub finden. Er wird Ihren Geigerzähler wie wild zum Ticken bringen, aber Sie können sich etwa fünf Minuten mit ihm abgeben, ohne sich die Finger zu verbrennen; danach wird Ihre Haut Blasen schlagen. Der Wind kann den Staub nicht verstreuen; er ist superschwer. Und wenn Sie ihn zu Fachleuten bringen« – er legte eine Pause ein –, »wird man Ihnen sagen, daß es ihn gar nicht gegeben hat, und das ganze Gebiet wird unter militärische Überwachung gestellt.«

»Ich verstehe nicht ...«

»Und ich werde es Ihnen jetzt nicht erklären, weil Sie mir nicht glauben würden.« Landon wog seine Chancen ab. Wenn sein Plan nicht aufging, mußte er Marcus vielleicht töten – und verschwinden. Er mußte ein Leben gegen das von Millionen abwägen, die sterben mußten, wenn die Rhu'inn auf einen Planeten dieser Größe losgelassen wurden. Marcus spielte keine Rolle, und er, Landon, auch nicht. Aber er durfte nicht zuviel verlangen. »Mein Gerät funktioniert nicht mehr, dafür haben Sie ja gesorgt. Dafür schulden Sie mir übrigens dreißig Dollar. Also werden Sie es finden.«

Marcus blickte auf ihn hinab, und Landon hätte zehn Jahre seines Lebens gegeben, um an seinem Wechseldenken vorbeizukommen. Schließlich schwang der Junge den Geigerzähler über die Schulter.

»Sie haben gewonnen. Aber wenn ich es finde – *falls* ich es finde –, sollten Sie lieber eine Story parat haben, die ich Ihnen glauben kann, oder ich lasse innerhalb einer Stunde das FBI aufmarschieren.«

5. Kapitel

Die Sonne blendete Reidel; er bewegte sich langsam die Reihe entlang, schleifte den schweren Baumwollsack hinter sich her und pflückte jede Pflanze mit automatischen Bewegungen.

Er war jetzt dunkelhäutiger, gebräunt von der ungewohnten Sonne. Obwohl die Arbeit mühsam war, machte sie ihm nichts aus. Der Anpassungsprozeß hatte bei Reidel am schnellsten gearbeitet; er war zwar nicht dumm, hatte aber kaum Phantasie. Er war damit zufrieden, die Probleme von morgen auch morgen zu lösen, und er begrüßte die körperlich Härte der Arbeit, die einem keine Zeit ließ, seinen Gedanken nachzuhängen, Bedauern zu empfinden oder Hoffnungen zu hegen, die man momentan besser zur Seite stellte.

Die Sonne war fast untergegangen. Einer nach dem anderen kamen die Pflücker auf dem Feld nun die langen Reihen hinauf, und Reidel ging zu Mathis, um ihm zu helfen, die schweren Säcke zu wiegen. Zuerst war er außer sich gewesen, als Foster, der Besitzer, der sie kaum eines Blickes gewürdigt hatte, als sie mit Vincente bei ihm aufgetaucht waren, Mathis als Wiegemeister eingestellt hatte. Aber es ergab Sinn – eine körperlich nicht so schwere Aufgabe, die jedoch Vertrauenswürdigkeit und Intelligenz erforderte.

Reidel wußte, daß Mathis mit seinen einschmeichelnden telempathischen Fähigkeiten einen Eindruck von Vertrauenswürdigkeit hervorrief. Unter dieser Voraussetzung war es nur natürlich gewesen, daß Foster ihm den Posten anbot, und Mathis hätte sicher Verdacht erregt, hätte er abgelehnt, statt zu akzeptieren.

Dionie kam zum Lastwagen, und Reidel runzelte besorgt die Stirn. Ihr Gesicht war wieder gerötet. Nach dem ersten Tag auf den Feldern war sie sehr krank gewesen und hatte mit Fieber niedergelegen. Ihre Haut schälte sich immer noch in großen Flocken. Reidel hatte natürlich noch nie einen akuten Sonnenbrand gesehen, er wußte nicht, woran sie litt.

Cleta hob als letzte in der Reihe der Pflücker einen Sack hoch, der viel zu schwer für sie war. Sie zog die groben Baumwollhandschuhe aus, die alle Pflücker trugen, faltete sie, strich sie glatt und steckte sie in die Tasche ihrer groben, verschossenen Männerjacke. Ihre schlanken Finger waren aufgesprungen, ihr wunderschöner Teint durch Wind und Sonne gebräunt, und ihr Haar, das ehemals wie gesponnene Seide ausgesehen hatte, war mit bräunlichen Streifen durchsetzt, aber sie stand mit der gleichen selbstbewußten Würde da, die sie auch auf einem Ball des Planetaren Rates an den Tag gelegt hätte.

Reidel ging zu ihr. »Cleta, Sie übertreiben es«, sagte er. »Morgen bleiben Sie besser im Haus und sehen nach Linnit.«

Ihre dunklen, ernsten Augen sahen an ihm vorbei. »Linnit braucht mich nicht, und ich wollte nicht verhätschelt werden. Kümmern Sie sich um Ihre eigenen Angelegenheiten.«

Er fuhr auf dem Absatz herum und ging. Er hätte sie erwürgen können. Hätte sie sich jemals vor einer Aufgabe gedrückt oder sich beschwert – das hätte er ertragen können.

Foster fuhr davon; der Lastwagen mit der Baumwolle rumpelte und schwankte. Die Pflücker, die in den Hütten wohnten, kletterten auf Vincentes Klapperkiste von Kleinlaster.

Die beiden kahlen Hüttenräume, die man ihnen zugewiesen hatte, kamen ihnen nun trotz des Schmutzes vertraut und heimisch vor – die wackligen Betten, die mit fadenscheinigen, abgenutzten Laken bedeckt waren, die gebrauchten Möbel aus dem Trödelladen. Linnits Baby lag

– mit einer schmutzigen Windel bekleidet – vor sich hin glucksend in seinem Spankorb, der mit einem weichen, rosafarbenen Tuch ausgeschlagen war – der einzige neue Gegenstand im Raum. Linnit, deren dunkles, strähniges Haar die Blässe ihres knochigen Gesichtes betonte, lächelte und stellte angeschlagene Schüsseln auf den Tisch. Im Raum lag der warme, verlockende Geruch von heißem Essen.

Reidel krempelte sich die Ärmel hoch und ging zum Wasserhahn, um sich zu waschen. Mit nassen Händen tastete er nach einem Handtuch, das Cleta genommen hatte. Er drehte sich um und sah, wie sie dastand, so weit entfernt, als befände sie sich auf einem anderen Planeten. Sie hatte das verblichene, sackähnliche Kleid ausgezogen und stand nur in einem sauberen Baumwollunterrock da. Sie war sich seiner Anwesenheit völlig und eiskalt unbewußt.

Reidel hatte sich an den Mangel an Privatsphäre hier gewöhnt; Linnit und Dionie waren kaum mehr als Kinder und störten ihn nicht im geringsten. Doch nun schnauzte er sie an, als hätte sie ihn an einer verwundbaren Stelle getroffen: »Zieh dir etwas an, du . . .« Er schleuderte ihr ein Wort aus den Rinnsteinen der Raumhäfen entgegen. Das Mädchen konnte nur die Verwerflichkeit des Wortes verstanden haben, doch niemand, der auch nur ansatzweise telepathisch begabt war, konnte seine Bedeutung mißverstanden haben.

Cleta erbleichte. Erstarrt stand sie da, als sähe sie Reidel zum ersten Mal, den Kopf zurückgeworfen, und in ihren Augen erwachte etwas zum Leben, das sich noch nie zuvor dort gerührt hatte.

Dann riß sie keuchend das feuchte Handtuch an sich, hielt es sich krampfhaft vor die nackten Brüste und floh in das andere Zimmer.

Langsam stieß Reidel den Atem aus. Ob er wollte oder nicht, er war über ihre und seine Reaktion verwundert. War dies ein Echo der Konditionierung, an das sich niemand von ihnen je erinnern würde? Dieser Drang, dieses biologische Bewußtsein, außerhalb eines jeden vernünftigen Zusammenhangs in Zeit und Raum? Er mochte Cleta nicht; die Gefühle, die sie in ihm erweckte, trieben ihn – wenn auch vielleicht grundlos – in eine törichte Wut. Überlebenswille hin und her, es war ein verdammtes Ärgernis. O ja, Cleta war eine hübsche Frau. Eine begehrenswerte. Aber er wollte *verdammt* sein, wenn er sich von irgendeinem konditionierten oder nicht konditionierten Reflex herumstoßen ließ!

Er ging ins Nebenzimmer und setzte sich. »Wo ist Arran?«

Cleta verzog ihren hübschen Mund. »Du glaubst, du müßtest jede Minute auf uns aufpassen, nicht wahr?«

Reidel stieß den Stuhl zurück. Ein schriller Schrei kam aus dem Korb, und Linnit griff nach ihrem Kind. »Sie war gerade eingeschlafen!« sagte sie vorwurfsvoll.

Reidel stellte den Stuhl mit übertriebener Ruhe auf die Füße zurück, aber hinter ihm quietschte die Tür auf protestierenden Scharnieren.

Es war mittlerweile dunkel, doch Reidel konnte die vertrauten Umrisse des Rückens eines jungen Mannes ausmachen, die sich vor einer halboffenen Tür abzeichneten und mit einer anderen Silhouette verschmolzen; ein voller Baumwollrock und lange Locken schlüpften in die Dunkelheit davon, als Reidels Fuß über Kies scharrte. Der Lichtspalt schlug zu.

»Arran?«

Der Junge wirbelte herum, und seine Stimme vibrierte vor Zorn. »Halt dich bitte aus meinem Leben heraus, ja?«

»Arran, sei vernünftig. Du bist imstande und verstrickst dich tiefer, als du bemerkst, wenn du dich mit ihren Frauen abgibst«, warnte Reidel. »Mathis hat uns von den sozialen Tabus hier berichtet . . .«

Arrans Mund war eine gespannte, häßliche Linie. »Du gönnst mir nicht das kleinste Vergnügen, aber du und Cleta . . .«

»Du Narr, sie behandelt mich wie ein Möbelstück.« Plötzlich bemerkte Reidel, daß er in dem unterdrückten Drang zitterte, Arran mit der Faust ins Gesicht zu schlagen und vor Gewalttätigkeit zu explodieren. »Ich hasse das verdammte Mädchen!« rief er.

Als sie zurückkamen, hatten die anderen ihr Mahl beendet. Das Essen war kalt, eine erstarrte Masse, aber Reidel aß, ohne etwas zu schmecken. Dionie warf sich eine Jacke über die Schultern. »Ich gehe zum Laden, um für morgen einzukaufen«, sagte sie.

»Hast du genug Geld?« fragte Reidel und gab ihr einen Schein aus seiner Jackentasche, wobei er kurz über die Verhaltensweise nachgrübelte, die zwischen den Gruppenmitgliedern erwachsen war.

Familiengefühle als solche waren den Dvanethianern fremd, und er fragte sich, ob dies ein Merkmal ihrer Anpassung war. Dionie ging, und Cleta setzte das Baby auf Linnits Schoß und sammelte das schmutzige Geschirr ein. Arran stand auf, um ihr zu helfen. »Wir passen uns in der Tat allmählich an!« sagte er mit einem sauren Lächeln.

Cleta ließ aufgrund seines Tonfalls beinahe einen Teller fallen, doch Arran fuhr – nur unwesentlich gedämpfter – fort: »Sklaverei und Schmutz! Was haben wir uns für einen Planeten ausgesucht!«

»Wir hatten keine große Wahl«, sagte Cleta kühl, »und wir werden nicht ewig hiersein.«

Arran wollte mit rot angelaufenem Gesicht antworten, doch ein Klopfen an der Tür unterbrach ihn, und Reidel öffnete, um Nick Foster draußen stehen zu sehen.

»Wollen Sie nicht hereinkommen?« fragte er trotz seiner Überraschung.

Fosters Gesicht erstarrte; Reidel sah es und war seinerseits verärgert. »Nein, danke«, sagte Foster barsch. »Ist hier ein Mädchen namens Cleta?«

»Was wollen Sie von ihr?«

Foster war kein Narr und hörte den Argwohn in Arrans

Stimme. »Nichts. Meine Frau bat mich, ein Mädchen zu suchen, das ihr im Haus helfen kann. Sie sieht sauber und geschickt aus, und wir würden ihr mehr bezahlen, als sie auf dem Feld verdienen kann.«

Reidel wünschte sich, er wäre ein Telepath; ein wunderschönes Mädchen war auf jedem Planeten ein verkäuflicher Gebrauchsartikel, und er hielt diesen hier für keine Ausnahme. Er zögerte, bis Cleta herauskam, um Seifenlauge aus einem Tuch zu wringen.

»Laß sie gehen, wenn sie will, Reidel«, sagte Mathis barsch, und als Foster außer Hörweite war, fuhr der Telempath voller Verachtung fort: »Foster ist kein guter Mensch, aber er gibt nicht viel um Frauen, nicht mal um seine eigene. Cleta wird hart arbeiten müssen, aber sie wird nicht mehr den ganzen Tag in der Sonne sein. Und wir können dabei noch erfahren, wie andere Menschen auf dieser Welt leben.«

»Ich dachte nur, wir sollten zusammenbleiben«, wandte Reidel ein, doch Cleta schob sich wütend an ihm vorbei. »Ich habe dich nicht gefragt«, sagte sie und fing an, heftig mit dem Geschirr zu klappern.

Plötzlich fuhr ein schriller Schrei durch die Hütten, ein hoher Schreckensschrei. Cleta ließ eine Tasse fallen, die auf dem Boden zersprang. Mathis krümmte sich plötzlich und streckte abwehrend eine zitternde Hand aus. »Nein, *nein*«, sagte er heiser, *»Dionie«*, und brach zusammen. Arran fing den bewußtlosen Körper auf, doch Reidel war schon aus der Tür heraus.

Arran ließ den leblosen Mathis zu Boden gleiten und lief ebenfalls hinaus, Cleta auf seinen Fersen. Die Nacht war voller Schritte, Geräusche und verwirrter Fragen, doch Cleta lief unbeirrbar auf einen kleinen Durchgang zu, der zu einer Reihe verlassener Gebäude führte. Als Reidel den Durchgang erreicht hatte, schrie Dionie erneut auf, und jemand schob sich an ihm vorbei, wobei er ihn fast von den Füßen riß, und verschwand in der Dunkelheit.

Im Durchgang lag Dionie auf dem Boden; ihre dünne Bluse war bis zur Taille aufgerissen. Reidel schob Cleta beiseite und hob das schluchzende Kind hoch. Sein Gesicht war finster und grimmig, als er sie zurück zu ihren Räumen trug, ihr Gesicht gegen sein Hemd gedrückt, und sie vor den Blicken der Neugierigen abschirmte, die aus sämtlichen Türen huschten.

Arran kam keuchend vor Anstrengung über den Kies zurückgelaufen. »Ich hätte das . . . diese unaussprechliche Kreatur fast gehabt«, sagte er zwischen schweren Atemzügen, »aber er hat sich losgerissen, zum Glück für ihn . . . Ich hätte ihn umgebracht!«

Cleta legte die Hand auf Reidels Arm. »Reidel«, flüsterte sie. »Dionie ist nicht verletzt, nur verängstigt. Er lief fort, als sie schrie.«

Linnit kniete neben Mathis, als Reidel Dionie in den Raum trug, und schaute bestürzt auf. Cleta kam herbei, um Dionie in die Arme zu nehmen, und über dem zerzausten Kopf traf ihr Blick den Reidels mit unversöhnlichem Haß. »Dieser *verdammte* Planet! Warum haben Sie uns hierhergebracht?«

Reidel konnte nicht antworten. Nun, da er wußte, daß Dionie nicht ernsthaft verletzt war, wich sein Zorn erschütterter Verwirrung: Welch wahnsinnige, unglaubliche Welt war dies, auf der ein Mädchen in Dionies Alter nicht sicher war? Die ungewöhnliche Hautfarbe einer hypersensitiven Empathin hätte sie sogar in den brodelnden Höllen der Elendsviertel von Capella geschützt!

Mathis zitterte noch immer im traumatischen Schock des Erlebnisses. Zweifellos hatte er den ganzen Schrecken Dionies gespürt. Arran beobachtete sie mit grimmigem, unerforschlichem Gesicht. Dionies Schluchzen wurde allmählich leiser, und sie flüsterte: »Er hat eigentlich nichts getan, nur mein Kleid zerrissen, aber ich . . . ich fühlte alles, was er . . . er . . . Oh, es war schrecklich, schrecklich!« Sie schauderte und verbarg das Gesicht wieder in den Händen.

Sie alle waren näher getreten; Reidel hielt das Mädchen noch fest, Cleta kniete an seiner Seite, die Arme um Dionie gelegt; Arran und Linnit sahen ängstlich zu, und selbst Mathis, der sich normalerweise streng für sich hielt, um dem Sog ihrer Gefühle zu entgehen, legte eine zitternde Hand auf Dionies Schulter.

Reidel wagte buchstäblich nicht aufzublicken. Cletas Augen waren wie ein Magnet; er schien sie durch die Decke seines gebeugten Schädels zu spüren. Irgend etwas in ihm erwachte zu neuem Leben; es hatte geschlafen, betäubt durch den Schock und die unbekannte Umgebung, bis es zu dieser Auseinandersetzung gekommen war. Mit neuen, haßerfüllten Augen blickte er sich im Raum um. Plötzlich empfand er die nervöse Angst, die telepathische Cleta könne es spüren, wie sie es auch gespürt hatte, daß Dionie in Gefahr und wieder in Sicherheit war.

Cleta legte erneut die Hand auf seinen Arm. »Reidel, hör mich an«, sagte sie, aber dies ließ ihn endgültig die Beherrschung verlieren. Mit einer plötzlichen, gequälten Heftigkeit sprang er auf die Beine, stieß Dionie zurück, wirbelte auf den Fersen herum und preschte hinaus.

6. Kapitel

»Aber was zum Teufel *ist* das?« Ned Marcus ging in die Hocke; seine Skepsis war verschwunden, als er den seltsamen dunkelroten Staub vorsichtig mit der Fingerspitze berührte.

»Wir nennen den Prozeß Implosion, aber das ist eine laienhafte und nicht ganz korrekte Bezeichnung«, sagte Landon langsam. »Es ist eine Art Molekulardesintegration. Materie selbst kann natürlich nicht vernichtet werden, aber die Implosion zerstört die atomare Orientierung der Partikel. Das Raumgefüge bricht zusammen, und jedes Element spaltet sich in freien Wasserstoff, freie Neutronen und radioaktiven Kohlenstoff. Das heißt, jedes Element bis auf diesen roten Staub, der ein allomorphes Präzipitat der radioaktiven Bromzusammensetzung ist, die im Treibstoff benutzt wird.«

»Treibstoff wofür? Für Ihre fliegenden Untertassen?«

»Nein. Schaufeln Sie den Staub in eine Bierdose oder einen anderen Behälter, bevor ein kluger Kopf mit einem Geigerzähler vorbeikommt. Ich kann es euch ebensogut allen zugleich erklären. Es hat keinen Sinn, die Sache immer und immer wieder durchzukauen.«

Als sie in die Auffahrt vor dem Ranchgebäude der Branzells einbogen, bemerkte Landon den Jeep mit dem BR-Monogramm der Branzell-Ranch auf den Türen, der an der Einfahrt abgestellt war. »Branzell ist zurück, also kann ich es ihm auch erzählen. Suchen Sie ein Einmachglas oder etwas Ähnliches – aus Glas oder Emaille –, und geben Sie den Bromrückstand hinein, ja? In einem Metallbehälter kann man ihn nicht lange aufbewahren.«

Steve Branzell war mit Liz in dem großen, schattigen Wohnzimmer; als sie hereinkamen, stand das Mädchen schnell auf. Landon sah Branzell ein wenig müde an.

»Ich habe gefunden, wonach ich suchte, Steve. Ich entschuldige mich dafür, angenommen zu haben, es könnte ein Scherz sein.«

Branzells scharfe blaue Augen schauten wachsam und nicht allzu erfreut drein. »Wenn ich einen Schwindel abziehen wollte, würde ich ihn kaum so arrangieren, daß ich wegen eines Verdachts auf fahrlässige Tötung belangt werde«, sagte er trocken. »Das würde den Publicity-Gag doch zu weit treiben. Meine Anwälte haben mich herausgeholt. Die Polizei hat anscheinend nicht genug in der Hand, um mich festzuhalten.« Er wandte sich um, und Landon sah, daß noch eine Frau im Zimmer war, oder besser ein Mädchen: ein schlankes, hellhaariges Mädchen mit kindhaftem Gesicht und großen blauen Augen.

Marcus folgte Landons Blick. »Meine Schwester Sylvia, Mr. Landon«, sagte er knapp und bedachte das blonde Mädchen mit einem harten Blick. »Nein, Schwester, laß das lieber.«

»Sie ist diejenige . . .«, setzte Landon an, hielt aber inne, da Sylvia ihn mit einem eigentümlichen, starren Blick musterte.

»Soll ich das Personal ein paar Drinks bringen lassen?« fragte Branzell, doch Landon bedeutete ihm zu schweigen.

Er spürte die tastende Berührung ganz genau. Erstaunt begriff er, daß Sylvia Marcus eine Telepathin war, und zwar eine außergewöhnlich feinnervige. Und Landon, der nie mit einer solchen Begegnung gerechnet hätte, hatte keinen Gedankenschutz errichtet.

Das Mädchen starrte ihn erblassend an und fuhr sich mit einer kleinen rosa Zunge über die Lippen. »Meine Eltern hätten mich Kassandra nennen sollen«, sagte es schwach. »Wer würde mir schon glauben?« Es wandte sich um und verließ fast fluchtartig den Raum.

»Ihre Gedanken scheinen ihr nicht gefallen zu haben, Mr. Landon«, sagte Liz schnippisch, doch Landon saß nur da, blickte wie betäubt zur Tür, durch die Sylvia verschwunden war, und fragte sich, was er verraten hatte. Er war verwirrter denn je zuvor. Wie konnte ein Telepath von Sylvias Empfindsamkeit in der gleichen Familie mit einem Wechseldenker wie Marcus leben und dabei geistig gesund bleiben? Und Branzell wußte von ihren Kräften.

Marcus unterbrach seine Gedanken mit einem feindseligen »Nun, wie steht es mit diesen Erklärungen?« und stellte das radioaktive Brom auf den Tisch.

Landon seufzte. »Ich fange von vorn an«, sagte er. »Es ist eine lange Geschichte.«

Eine Stunde später wandte er ihnen das Gesicht zu und kam zum Schluß. »Das ist wirklich alles, was ich zu berichten habe. Danach hat's mich dorthin verschlagen, wo ich jetzt bin. Arbeitete in einer Fabrik, ging auf die Ingenieurschule, befaßte mich mit Produktionsanalyse. Das Schreiben fing ich als Sprachübung an, und weil ich schrieb, konnte ich seltsame Ereignisse überprüfen, ohne zuviel Aufmerksamkeit zu erregen.«

Sylvia war in das Zimmer zurückgekehrt und betrachtete ihn voller Interesse. Sie war die einzige, die nicht einmal einen flüchtigen Zweifel hatte.

Branzell runzelte die Stirn. »Clint, ich habe schon eine Menge phantastischer Geschichten gehört, aber die hier übertrifft alle. Hätte ein anderer sie mir erzählt, ich würde ihn hochkant hinausschmeißen.«

»Es gibt keinen Zweifel daran«, sagte Sylvia nüchtern. Ihre Hand ruhte auf Branzells Schulter. Landon wurde sich der engen Beziehung zwischen ihnen bewußt, er konnte den genauen Augenblick nennen, in dem Branzells Zweifel zerbröckelten – und warum.

Zweifellos war Branzell einst selbst Telepath gewesen, und zwar ein bei weitem empfindsamerer als Landon. Und er mußte deshalb verspottet worden sein; auf seiner Suche nach Verständnis war er zahllosen Scharlatanen und Betrügern begegnet und jenen über den Weg gelaufen, die mit verlogenen Tricks echte Gedankenlesekunst simuliert hatten. Branzell hatte eine perfekte Verteidigung entwikkelt – den zynischen Glauben, seine eigene telepathische Empfindsamkeit sei eine angenehme Halluzination, eine Form des Wunschdenkens. Und doch glaubte er Sylvia, und die Verwirrung war schmerzhaft.

Sylvia blickte zu Landons Augen hoch. »Beurteilen Sie uns nicht so hart, Clannon«, sagte sie ruhig. »Diese Welt spielt Andersartigen übel mit, und es gibt kein Verständnis. Nur Furcht.«

»Das erklärt eine Menge«, sagte Liz unbehaglich. »Aber ... sind Sie wirklich ein Mensch?«

In dieser Hinsicht konnte er sie augenblicklich beruhigen. »Großer Gott, ja! Glauben Sie, ich wäre ein Monster, das in die Haut eines Menschen gekrochen ist?«

»Wie könnten wir das herausfinden?« fragte Marcus trocken.

Die Frage ließ Landon schaudern. Er war ein Mensch, jawohl, von den Zehen bis zu den Haarwurzeln. Aber eine Rasse in der Galaxis – die Rhu'inn, der amöbenhafte, vielgestaltige Schrecken einer Million Welten – war dazu imstande. Landon hatte ihnen alles andere erzählt, aber davon würde er nicht sprechen – von dem Schrecken, der in die Gestalt eines Menschen kriechen und ihn gegen sein eigenes Volk einsetzen konnte.

Er tat so, als hätte er die Frage falsch verstanden. »Die Subrasse, der ich angehöre, hätte ein wenig besser nach Peru oder Mexiko gepaßt, aber ich habe mir Nordamerika ausgesucht, weil mir die Möglichkeiten für eine technische Ausbildung gefielen.«

»Wie schmeichelhaft«, versetzte Branzell trocken.

»Was sind die fliegenden Untertassen wirklich?« fragte Liz.

»Ich habe nicht die leiseste Ahnung. Aber die anhaltenden Berichte über Sichtungen sind ein Grund, weshalb ich hier stationiert bin.«

Marcus kam zum eigentlichen Problem zurück. »Und Sie vermuten, ein Schiff von draußen ist hier gelandet?«

»Ich vermute es nicht, ich weiß es. Es gibt nichts im Universum, das den Implosionsresten von radioaktivem Bromtreibstoff auch nur im entferntesten ähnelt.«

»Aber warum wollen Sie Ihre eigene Tarnung aufs Spiel setzen, nur um diese Leute zu verfolgen?« fragte Marcus.

Liz starrte Marcus an. »Hören Sie, er muß sie suchen! Stellen Sie sich vor, wie verängstigt und einsam sie sich vorkommen müssen!«

»Die beiden, die mir begegnet sind, kamen mir nicht sehr verängstigt oder einsam vor«, stieß Marcus hervor.

Landon wünschte, er hätte einen Blick durch sein Wechseldenken werfen können. »Ich bin bevollmächtigt, Ihre Verluste auszugleichen. Wir respektieren Eigentumsrechte in der Dvaneth-Föderation, aber der Umstand, den wir als ›verzweifelte Not in bezug auf den Verlust des Lebens oder die Gefahr des Verhungerns‹ bezeichnen, schafft selbst in der Rechtsprechung das elementare Recht auf ein offensichtliches Übermaß. Sie haben sicher bemerkt, daß sie nicht all Ihre Kleider oder Ihr gesamtes Geld genommen haben.«

»Das klingt wie eine Haarspalterei«, murmelte Branzell, »und ein wenig utopisch.«

»Mich interessiert am meisten«, warf Marcus rüde ein, »wieso sie überhaupt englisch sprachen!«

»Es muß ein Telempath bei ihnen gewesen sein«, sagte Landon, und da fiel ihm plötzlich eine Ungereimtheit auf. Wenn sie Marcus' Gedanken lesen konnten, wieso war er, Landon, dazu nicht imstande? War es möglich, daß Marcus dieses Wechseldenken willentlich ein- und ausschalten konnte? Das wäre etwas Neues.

»Und was wird geschehen, wenn Sie sie finden?« wollte Branzell wissen. »Können Sie Ihrer Heimatwelt signalisieren, daß Sie ein paar Herumirrende aufgegriffen haben?«

Landon schüttelte den Kopf und erklärte den Tatbestand. Dvanethianer, die auf Gesperrten Planeten Schiffbruch erlitten hatten, mußten sich selbst überlassen werden. Rettungsmaßnahmen, die auf anderen Welten schon gefährlich und kostspielig genug waren, stellten auf Gesperrten Planeten ein unmögliches Risiko dar.

Er hoffte, daß Sylvia nicht versuchen würde, seine Gedanken zu lesen. Sosehr er sich auch bemühte, er konnte nicht verhindern, daß der unheilvolle Gedanke an die Rhu'inn aus irgendeiner fernen Ecke des Gehirns in seine Gedanken schlich. Wahrscheinlich handelte es sich um harmlose Überlebende eines zerstörten Handels- oder Kolonistenschiffes. Es bestand jedoch die geringe Möglichkeit, daß es sich um ein illegales Betreten handelte; aber jeder, der die gewaltige Strafandrohung der Föderationsgesetze auf sich nahm, indem er auf einem Gesperrten Planeten landete, jeder Flüchtige, der sich vor dem dvanethianischen Recht auf einer Welt verbarg, von der er wußte, daß kein Außenstehender ihm dorthin folgen konnte, wäre klug genug gewesen, unterzutauchen und die Implosionsreste zu verbergen, die den Beobachter unweigerlich auf seine Spur gebracht hätten.

Er erhob sich. »Marcus, ich brauche die beste Beschreibung, die Sie mir von ihnen geben können. Ja, sie werden sich anpassen, aber ich hätte sie gern vorher gefunden. Und es wird nicht leicht für sie sein. Es war nicht leicht für mich, und ich kam in den Tagen hierher, da ein Mann noch ohne Geburtsurkunde und ohne Truppenausweis zurechtkommen konnte.«

Branzell schritt auf und ab. »Was für ein verdammtes Pech«, sagte er heftig. »Sie landen direkt auf meiner Ranch und lösen sich dann wieder in Luft auf. Wohin könnten sie gegangen sein? Verdammt, Clint, wohin können sie nur gegangen sein?« Er fuhr herum. »Es lebt keine Menschenseele hier, bis auf meine Rancharbeiter und ein paar Mexikaner, die auf den Baumwollfarmen im Brazos Valley arbeiten . . .«

Er hielt inne; Liz und Sylvia sahen ihn mit offenem Mund an. »Und Sie sehen wie ein Mexikaner aus, Landon. Dazu braucht man keine Gedanken lesen zu können.«

Landon ließ sich in den Sessel fallen. »Aber wie viele Arbeitssiedlungen für Mexikaner gibt es dort? Und würde jemand sie aufnehmen? Müssen sie nicht eine Bescheinigung der mexikanischen Regierung oder so etwas vorlegen?«

Der Rancher nickte. »Ja, bevor man *Braceros* einstellen kann, muß man für jeden Mann, jede Frau und jedes Kind auf seinem Grund und Boden eine Arbeitskarte vorlegen«, erklärte er. »Natürlich sind einige illegal ins Land gekommen. Ich kann vielleicht ein paar Verbindungen spielen lassen und herausfinden, welche Rancher in der Nähe es mit den Einwanderungsbestimmungen nicht so genau nehmen. Inzwischen können Sie die Ranch oder die Zeitungsbüros gern als Einsatzzentrum benutzen, Landon. Vielleicht können meine Angestellten Miß Curran bei ihrer Suche nach ungewöhnlichen Ereignissen in den Zeitungen helfen . . .«

Landon erhob sofort Widerspruch; je weniger davon wußten, desto besser.

Branzell fügte sich dem Einwand, wenn auch nur murrend. »Ich würde gern den ganzen Zeitungsstab darauf ansetzen. Clint, ich möchte Sie nur um eins bitten. Wenn Sie es jemals publik machen, geben Sie mir als erstem die Gelegenheit für ein Interview, ja? Und ob wir es drucken können oder nicht – wenn Sie sie finden, will ich mit ihnen reden!«

Soviel konnte Landon mit reinem Gewissen versprechen.

7. Kapitel

Nicht weit von den Hütten, ganz in der Nähe des Nebengleises, wo die Baumwolle verladen wurde, befanden sich Pferche für das Vieh, und die Abendfrachtzüge hielten oft, um Rinder, Kälber oder Schafe ein- oder auszuladen.

Reidel hatte es sich angewöhnt, jeden Abend die Hütten zu verlassen und hinüberzuschlendern, um die Tiere zu beobachten und das Geschick – oder besser den Mangel an Geschick, mit dem man mit ihnen umging. Eines Abends hielt ihn Cleta mit einem leisen »Reidel, warte . . .« auf.

Er antwortete nur mit einem unfreundlichen Schnauben. Seit dem Abend, da er sie einfach hatte stehenlassen, versuchte er ihr aus dem Weg zu gehen. Dies wurde durch den Umstand erleichtert, daß sie nicht mehr auf die Felder ging. Nun wurde er sich zum erstenmal einer erstaunlichen Veränderung bei ihr bewußt. Ihre rauh gewordenen Hände trugen noch immer die Zeichen harter Arbeit, sahen aber gut gepflegt aus; das Haar hatte sie in glatten Ringellocken ausgekämmt, und ihre grobe, zerschlissene Kleidung war geschickt umgenäht, so daß sie nun hübsch und weiblich wirkte. Plötzlich war ihm gar nicht mehr soviel daran gelegen, sich von ihr fernzuhalten.

»Wohin gehst du jeden Abend, Reidel?«

»Hinaus zu den Viehgattern.«

»Wir haben es dir nicht zu leicht gemacht, nicht wahr?« sagte sie entschuldigend. »Du und ich, wir beide scheinen den größten Teil unserer Zeit damit zu verbringen, aufeinander herumzuhacken und uns dann zu entschuldigen.«

»Mir fallen schlimmere Möglichkeiten ein, meine Zeit zu verbringen.« Reidel fühlte sich erstaunlich leicht ums Herz. »Hacken wir noch ein wenig aufeinander herum.«

Cleta kicherte, und er fuhr fort: »Oder . . . warum kommst du nicht mit mir und siehst zu?«

Sie zögerte gerade lange genug, daß sich seine Verbitterung wieder einstellte. »Oder ziemt es sich nicht für dich, mit einem Rauhbein wie mir gesehen zu werden?«

»Natürlich komme ich mit!« sagte sie warmherzig. »Ich wollte es dir gerade vorschlagen. Mrs. Foster hat erwähnt, daß ihr Mann mit dem Abendzug einen Preisbullen kommen läßt. So etwas interessiert dich doch, oder?«

Reidel war gerührt, daß sie sich daran erinnerte und es erwähnte.

Cleta errötete. »Wenn man im Haus der Fosters arbeitet und sieht, wie manche Leute hier leben – dann will man dagegen ankämpfen!« Sie deutete um sich. »Dionie bekommt diese schmutzigen Kinder zu sehen, die barfuß herumlaufen. Linnit sitzt dort mit diesen Kühen von Frauen, und das Baby spielt völlig zufrieden im Dreck. Das ist so schrecklich daran, Reidel – sie sind auch noch glücklich dabei!«

Reidel wandte sich um und legte die Hände auf ihre Schulter. »Haßt du es wirklich so sehr, jemanden glücklich zu sehen?«

»Nein, nein, so grausam bin ich nicht, es ist nur . . . Oh, Reidel, es greift schon langsam nach mir, es ist wie eine unsichtbare Flut, die mich in ihren Sog zwingt . . .«

»Cleta, Mädchen!« Seine Finger schlossen sich, und sie ließ sich hilflos schluchzend gegen ihn fallen.

Er wartete, bis sie sich ein wenig beruhigt hatte. »Du mußt Geduld haben«, sagte er dann leise. »Was glaubst du wohl, weshalb ich hierher komme? Aus dem gleichen Grund, denke ich, aus dem du Fosters Frau und Tochter beobachtest – und dieses Beobachten hat dich schon verändert.

Cleta . . .« Reidl zog sie in die Schatten zurück, so daß sie von einem Zaunpfosten vor neugierigen Blicken abgeschirmt waren. Er wußte kaum, was er sagen wollte, bis er ihren Namen aussprach; und dann sagte er es nicht. Er zog sie nur eng an sich und küßte sie mit hungriger, hilfloser Heftigkeit.

Sie war überrascht und rührte sich einen Augenblick lang nicht, dann legte sie ihm die Arme um die Schultern. »Das wird überhaupt nichts lösen«, sagte sie, aber ihre Stimme war weicher als je zuvor.

Mit einem Nachdruck, der jedes vernunftbestimmte Urteil aus seiner Stimme verbannte, sagte Reidel: »Cleta, ich ... ich habe Angst um dich. Ich will dich beschützen. Ich weiß nicht einmal, was genau ich will. Nicht nur das Vereinigungsprivileg, das wir auf Dvaneth geben oder gewähren. Ich will das Recht, dich ...« – er kämpfte mit unbekannten Worten, ja sogar unbekannten Gedanken – »dich davon abzuhalten, zu schwer zu arbeiten. Dich etwas weniger unglücklich zu machen. Ich wünschte, es ... könnte so sein wie bei uns zu Haus, Cleta. Aber ... Willst du mich heiraten?«

Sie legte ihre gespreizten Finger zwischen die seinen, blickte aber nicht zu ihm auf. »Ich könnte es nicht ... nicht so, wie es hier wäre, ein Mann und eine Frau, und eine feste Bindung, die vielleicht das ganze Leben lang andauert. Ich habe mich einfach noch nicht soweit angepaßt. Und angenommen, wir hätten Kinder? Ich wäre wie Linnit – hätte Angst um sie, gäbe aber nichts mehr um irgend etwas anderes.«

»Aber Linnit ist glücklich«, erinnerte Reidel sie sehr behutsam.

Eine elektrische Lampe erhellte das Viehgatter. Reidel blinzelte in ihrem Schein. Er sah, daß Cletas Augen feucht waren.

»Der Zug muß kommen, ich höre sein Pfeifen, und dort ist Mathis.«

»Was tust du hier?« fragte Reidel, als Mathis näher kam. »Stimmt irgendwas nicht?«

»Es ist alles in Ordnung. Ich wollte nur sehen, welch geheimnisvolle Faszination dieser Ort ausübt – da er nicht nur dich, sondern auch Cleta anzieht.«

Sie schenkten ihm keine Aufmerksamkeit; Reidel, weil

er sich angewöhnt hatte, den Sarkasmus des Zwerges zu ignorieren, und Cleta, weil sie telepathisch festgestellt hatte, daß hinter seinen Worten keine echte Boshaftigkeit steckte. Als der Zug heranrollte, machten sie ihm Platz, so daß er neben sie treten konnte.

Ein Mann von der örtlichen Zeitung war mit einer Kamera gekommen und machte Blitzlichtaufnahmen von dem Preisbullen. Foster und zwei seiner Vormänner schlichen sich vorsichtig an das Tier heran; Reidel ging am Zaun entlang, bis er zusehen konnte, ohne im Weg zu sein.

Der Bulle schnaubte, hob drohend den Kopf und scharrte im Stroh. Reidel studierte ihn mit fachmännischen Blicken. *Gute Zuchteigenschaften, aber bösartig; man hätte ihn besser als Kalb kastriert.* Seine Verachtung für Foster wuchs, als er sah, wie unbeholfen der Mann das Ausladen leitete. Hätte Reidel tun können, wie es ihm beliebte, hätte er alle Leute beiseite geschoben und gesagt: »Hier, ihr Dummköpfe, laßt mich das machen.«

Mathis runzelte die Stirn. »Foster wird wütend«, murmelte er. »Weiß er nicht, daß der Bulle es wittert?«

»Es wird ihn aufstacheln . . .« Reidel umklammerte den Zaun. Und da geschah es: Der Bulle machte einen Satz, donnerte durch die Holzbretter, die vor die Güterwagentür genagelt waren, und jagte, eine Tonne schiere Kraft, direkt auf Foster zu. Die Männer sprangen auf den Zaun. Der Bulle prallte gegen das Geländer, und der Aufprall schleuderte Foster innerhalb des Viehgatters zu Boden.

Reidel war mit einem Satz über den Zaun. Er lief nur ein paar Schritte, aber sie kamen ihm endlos vor. Auf Dvaneth hatte er bei Laufwettbewerben zweimal ein Grünes Band gewonnen. *Einmal gewonnene Fähigkeiten verkümmern, wenn man sie nicht einsetzt,* dachte er wie rasend. *Schaffe ich es noch?*

Dann hatte er den Bullen erreicht und dessen Ansturm zum Stehen gebracht. Das Tier blieb mitten im Sprung stehen, aber nur kurz; es sah einen neuen Peiniger und ließ von Foster ab. Der Vormann schleppte den Benommenen hinter den Zaun in Sicherheit, während Reidel einen Arm um den Hals des Bullen geschlungen hatte, sich mit dem Fuß an seiner Flanke abstützte und sich festhielt. Er machte die wütenden Sätze des Tieres mit und schickte Mathis einen wortlosen Schrei. Der Bulle warf den Kopf herum und machte wieder einen Satz, um seine Last in den Staub zu schleudern und darauf eintrampeln zu können.

Dann blieb der Bulle stehen und knickte mit den Vorderbeinen ein. Reidel ließ sich zitternd zu Boden gleiten. Mathis humpelte heran und streichelte den geschwollenen Hals des Tieres, und Reidel lehnte sich schwer atmend an dessen schweißnasse Seite.

Mit Sicherheit hatte Mathis ihrer beider Leben gerettet. Es war nicht schwer, sich an einem Bullen festzuklammern, wenn man wußte, wie es gemacht wird, aber hätte Mathis keine empathische Verbindung mit dem Bullen aufgenommen, wäre Reidel früher oder später abgeworfen und zu Tode getrampelt worden. Nur ein Telempath konnte ein wirklich wütendes Tier besänftigen, und Reidel hatte noch nie ein wütenderes gesehen.

Foster hatte sich bei dem Sturz einen Knöchel verstaucht. Vorsichtig humpelte er ein paar Schritte zurück und starrte den Bullen an.

»Mann, Sie müßten auf dem Rodeo reiten! Ich dachte schon, es hätte mich endgültig erwischt! He, wohnt ihr beiden nicht in meinen Hütten? Was sind Sie – ein Stierkämpfer?«

Reidel schüttelte den Kopf. Er keuchte noch immer vor Anstrengung und bemerkte kaum das Blitzlicht, das hell in seinen Augen aufflammte. »Nein, aber ich kann mit Stieren umgehen. Mathis hat ihn hypnotisiert, so daß Sie in den nächsten paar Stunden keine Probleme mit ihm haben werden, aber Sie brauchen einen Empathen, um mit einem so bösartigen Biest fertig zu werden.«

»Hypnotisiert?« Foster prustete vor Lachen. »Ja, das hat

er wohl. Das Vieh scheint jetzt in Ordnung zu sein.« Seine Hand fuhr zur Hosentasche, doch Reidel machte eine Geste stolzer Ablehnung.

»Behalten Sie Ihr Geld!«

Foster sah, wie die Wut in den dunklen Augen funkelte. Er steckte das Geld schnell in die Brieftasche zurück. »Ich will Sie nicht beleidigen, aber ein Mann, der so mit einem Bullen umgehen kann, ist auf den Baumwollfeldern fehl am Platz. Reidel, kommen Sie morgen in mein Büro. Vielleicht kann ich etwas Besseres für Sie finden.«

»Jetzt hast du es endgültig geschafft!« Mathis' Stimme schnitt sich ätzend scharf durch Reidels Müdigkeit.

»Was hätte ich sonst tun können?« fragte Reidel müde. »Sollte ich zusehen, wie ein Mann vor meinen Augen zu Tode getrampelt wird?«

»Mußtest du den ganzen Unsinn über Hypnose und Empathie schwatzen?« schnaubte Mathis. Reidel fühlte Cletas sanfte Berührung auf seinem Arm. »Natürlich blieb dir nichts anderes übrig«, sagte sie. »Aber jetzt können wir es nicht mehr ändern; wir müssen von hier fortgehen.«

Reidel schritt auf und ab, ohne zu antworten. Er war müde und zitterte vor Erschöpfung, fühlte sein altes Ich aber mehr als je zuvor.

»In Ordnung«, sagte er schließlich. »Wir werden gehen, wann immer du es sagst.«

Bekannter Rancher beinahe von wildem Preisbullen zu Tode getrampelt

Bracero spielt Toreador!

Clearwater, Texas. Nicolas Foster, Baumwollfarmer und Besitzer der besten Milchviehherden von Texas, ist gestern knapp dem Tod unter den Hufen von Westwoods Champion III entkommen, einem preisgekrönten Guernseybullen mit einem geschätzten Wert von $30000. Der Bulle wurde an der Clearwater-Bahnstation entladen, als er Amok lief und angriff. Die Tragödie wurde nur verhindert, weil zwei mexikanische Staatsangehörige in Fosters Diensten ins Gehege sprangen und die Aufmerksamkeit des Bullen ablenkten.

Oben abgebildet sind die beiden Männer, deren Namen Foster mit Roy Reydel und Mathis Reydel angab. Der jüngere Mann ergriff den Bullen wie beim Rodeo bei den Hörnern und warf ihn nieder, während der ältere das Tier beruhigte, indem er ihm in die Augen sah und es angeblich hypnotisierte.

8. Kapitel

»Clint, würden Sie sich das bitte ansehen?« Liz Curran reichte ihm den Zeitungsausschnitt. »Hat Marcus nicht gesagt . . .«

Ned Marcus kam hinter ihnen heran und beugte sich über Liz' Schulter. Er nahm den Ausschnitt, ohne darum zu bitten, las ihn durch und runzelte angesichts des Bildes die Stirn. »Das könnte er sein«, sagte er, »der Bucklige. Der andere . . . an ihm ist nichts ungewöhnlich bis auf die Art, wie er gekleidet ist. In Hemd und Hosen würde er wie jeder andere aussehen.«

Clint Landon las den Ausschnitt noch einmal und zog die Brauen hoch. »Einen Bullen zu hypnotisieren klingt gar nicht nach einem gewöhnlichen Rodeo. Ich würde den dvanethianischen Namen Reidel nicht Reydel buchstabieren, aber jemand, der an spanische Namen gewöhnt ist, könnte ihn durchaus so schreiben.«

»Wir könnten herausfinden, ob dieser Foster zu der Art von Ranchern gehört, die unidentifizierte Mexikaner einstellen«, sagte Liz.

Landon nicktc. »Das könnten wir. Ich bin bereit, nach fast jedem Strohhalm zu greifen. Ich kann es mir nicht leisten, noch viel länger ›auf Urlaub‹ zu sein – nicht, daß ich das Geld so dringend bräuchte, aber ich habe in meiner Branche einen gewissen Ruf und kann nicht einfach auf geheimnisvolle Weise verschwinden. Warum sprechen wir also nicht mit diesem Foster?«

»Haben Sie etwas dagegen, daß ich es Branzell sage?«

Landon schüttelte den Kopf, und Marcus ging hinaus.

Liz folgte ihm mit ihren Blicken. »Ich wünschte, Sie hätten ihn nicht eingeweiht«, sagte sie schließlich. »Ich weiß nicht genau, ob ich ihn mag.«

»Liz, ich hatte keine Wahl. Er war von Anfang an dabei.

Aber Sie können genausogut schon packen. Wenn diese Spur wieder zu nichts führt, werde ich nach New York zurückfliegen und versuchen, mir eine neue Lösung einfallen zu lassen. Wenn wir sie nicht innerhalb einer Woche oder so gefunden haben, werden wir sie niemals finden.«

»Gut, aber müssen wir Marcus mitnehmen?«

Landon stand da, die Hände hinter dem Rücken verschränkt. »Nicht unbedingt, aber vielleicht kommt er hier auf die Idee, allein auf die Jagd zu gehen. Ich bin nervös.«

»Aus einem besonderen Grund? Oder lesen Sie wieder mal Gedanken?«

Landon lachte säuerlich; er hätte eine Menge dafür gegeben, Marcus' Gedanken lesen zu können. »Nein, aber ich habe manchmal Vorahnungen. Im Augenblick rät mir eine Ahnung, Marcus schnell loszuwerden, aber eine andere sagt mir, ein Auge auf ihn zu halten. Und er kann mir weniger Ärger bereiten, wenn ich ihn unter Kontrolle habe.« Er lächelte das Mädchen an. »Manchmal glaube ich, Sie sind der einzige geistig gesunde Mensch hier. Ich könnte nicht ohne Sie leben.«

Ihr Lächeln zur Antwort war schief. »Sie bezahlen mich gut.«

Er wandte sich um, und seine Stimme wurde heiser. »Liz, nicht! Ich bin ... Selbst nach dreißig Jahren hier bin ich nicht ganz frei. Sie wissen, ich bin eine Art ... Soldat ...«

»Und die Dienstbestimmungen schreiben vor, daß man sich nicht mit den Einheimischen verbrüdern darf?«

»Liz!« Er faßte sie an den Schultern. »Das ist nicht fair!«

»Ich stelle fest, daß Sie nicht gesagt haben, es sei nicht wahr.« Sie zwang seine Hände nachdrücklich und beinahe mit Gewalt von ihren Armen. »Und wenn wir Marcus schon nicht loswerden, dann müssen wir los und ihn mitnehmen.«

Clearwater lag fast dreihundert Meilen von der Branzell-Ranch entfernt, eine Kleinstadt in der Nähe von San Angelo, mit einer einzigen kleinen Straße und dem unvermeidlichen Wasserturm, der sich hoch über die Dächer der Stadt erhob. Sie erkundigten sich nach der Foster Cotton Company, und Landon ließ Liz und Marcus im Wagen, um allein mit Foster zu sprechen.

Er verdrehte die Wahrheit ein wenig. »Ich las in der Zeitung von Ihrem Bullen. Ich dachte, es ergäbe vielleicht eine gute Story – und auch gute Reklame für Ihre Herde.«

Fosters Augen waren nicht freundlich, doch er war einigermaßen höflich. »Danke, aber je weniger Reklame dieser Art, desto besser. Sobald es sich herumspricht, daß ein Zuchttier bösartig ist, sinkt sein Wert.«

»Der Bursche, der den Bullen aufhielt – war er einer Ihrer festangestellten Rinderhirten?«

Foster schüttelte den Kopf »Nein, nur ein Greenhorn. War erst zwei, drei Wochen hier.« Landon hielt sein Gesicht ausdruckslos, aber der Zeitfaktor stimmte. »Bis zu diesem Abend ist er mir überhaupt nicht aufgefallen. Ein ziemlich langweiliger Bursche, würde ich sagen. Nach dem Zwischenfall behauptete er, der andere, wohl sein Bruder, habe den Bullen hypnotisiert. Wir haben schon ein paar Spinner hier.«

»Sie glauben nicht, daß er ihn wirklich hypnotisiert hat?«

Zu Landons Überraschung zögerte Foster. »Das ist so eine Sache«, sagte er dann. »Dieser Bruder ist ein ziemlich komischer Vogel. Ein Buckliger. Ich gab ihm einen Job an der Waage, und wenn ich es mir so überlege, ist es ungewöhnlich. Normalerweise lasse ich an der Waage nur jemanden arbeiten, den ich wirklich gut kenne. Da kann man zu leicht betrügen. Aber ich hatte den Eindruck, daß er völlig ehrlich war.« Er schaute auf; fast hätte er gelacht, tat es dann aber doch nicht. »Glauben Sie etwa, daß er *mich* hypnotisiert hat?

Und was die Sache mit dem Bullen betrifft«, fügte er hinzu, »da kann ich Ihnen gar nichts sagen. Ich lag auf dem Bauch, das Gesicht im Staub, und rechnete jeden Moment damit, daß der Bulle auf mir herumtrampelte. Die anderen sagen aber alle, daß es ein tolles Bravourstück war.«

Landon versuchte, seine nächste Frage beiläufig klingen zu lassen. Er rief sich streng ins Gedächtnis zurück, daß sich dieser Reidel einfach als junger Mexikaner mit einem Talent für Amateurrodeos erweisen könnte; aber er war innerlich überzeugt, daß die lange Jagd zu Ende war.

»Wo könnte ich den jungen Reydel finden?«

»Nun ja«, sagte Foster langsam. »Ich habe nicht die geringste Ahnung. Heute morgen sind beide nicht mit den anderen Pflückern aufs Feld gekommen. Und mein Vormann, Vincente, sagte mir, daß Reydel und seine Familie ihre Sachen zusammengepackt haben und verschwunden sind.«

Einen Moment lang war Landons Enttäuschung so groß, daß er seine desinteressierte Haltung beinahe aufgegeben hätte.

»Warum?«

»Wie zum Teufel soll ich das wissen?« fragte Foster verständlicherweise, und Landon murmelte verlegen ein paar unverfängliche Gemeinplätze und ging. Aber auf dem Weg zum Wagen fühlte er sich, als habe man ihm einen Tiefschlag versetzt.

Nun war er sich in bezug auf die Identität der angeblichen Reydels völlig sicher. Ihr Verhalten entsprach genau dem Vorgehen, zu dem die dvanethianische Konditionierung, nichts über ihre Vergangenheit verlauten zu lassen, sie zwingen würde.

Er kehrte zum Wagen zurück und setzte sich verzagt hinters Steuer. Schließlich beugte sich Liz, durch sein Schweigen beunruhigt, hinüber und legte ihm tröstend eine Hand auf den Arm. »Waren sie es nicht?«

»Ich weiß es nicht. Ich werde es wahrscheinlich niemals erfahren.« Er berichtete mit ein paar Worten die Geschichte und schloß: »Wir sind erledigt. Ich könnte sie in den nächsten zehn Jahren durch ganz Texas jagen.«

»Ich könnte der Autobahnpolizei ihre Beschreibungen geben und sie wegen Raubes verhaften lassen«, schlug Ned Marcus vor.

»Großer Gott, nein!« warf Landon nachdrücklich ein. »Was sollen wir sagen, wenn die Polizei sie festnimmt? Und sie haben keine Ausweise. Wenn ich nicht alles erkläre, und das kann ich nicht, wären sie nur illegale Einwanderer, und die Behörden würden sie einfach ausweisen. Wenigstens kann ich sie in Texas als Staatsbürger jagen. In Mexiko hätte ich keine Entschuldigung für meine Detektivarbeit.« Er blickte auf seine Uhr. »Na ja, wenn ich wie der Teufel fahre, kann ich gerade noch die Abendmaschine nach New York erreichen.«

»Sie geben auf?«

»Noch nicht«, sagte Landon, »aber es gibt ein paar Dinge in New York, um die ich mich kümmern muß.« Vialmir, dachte er, würde schon ungeduldig auf einen Bericht warten. »Liz, könnten Sie dieser Spur noch ein paar Tage nachgehen?«

»Gilt das auch für mich?« fragte Marcus.

Landon zögerte. Er hatte wirklich nichts gegen den Jungen – bis auf einen verschwommenen Verdacht und das ärgerliche Wechseldenken, das Liz aber nicht stören würde. »Das hängt von Miß Curran ab«, sagte er schließlich.

Liz musterte Landons Gesicht, fand dort aber keinen Hinweis. »Er würde Mathis und Reidel erkennen«, sagte sie schließlich. »Ja, er kann mitkommen.«

»In Ordnung.« Marcus lauschte den wenigen Einzelheiten, die Landon von Foster erfahren hatte – daß der flüchtige Reydel Vincentes Klapperkiste von Lastwagen gekauft und man gesehen hatte, wie sie auf der Autobahn nach San Angelo davongefahren waren.

»Wo ist das nächste Telefon? Ich will Steve sagen, was ich unternehme und wo ich zu finden bin.«

Landon war schon in der Luft über Cleveland, als ihm einfiel, daß Ned Marcus kein Wort mehr über die radioaktiven Bromreste verloren hatte.

9. Kapitel

Ruhelos schüttete Cleta den Inhalt der Kartons aus, die die wenigen Gegenstände enthielten, die sie beim Auszug aus der Hütte mitgenommen hatten.

Sie hörte, wie sich im Nebenzimmer der ruhigen Ferienwohnung der Streit immer noch im Kreis drehte, genau wie es der Fall gewesen war, als Cleta das Zimmer verlassen hatte. Gerade erklang Reidels sture Stimme: »Bei den Fosters erwartete man von uns, daß wir uns wie Ausländer benehmen. Hier wissen wir nicht, was man von uns erwartet!«

Arrans Stimme erhob sich wütend über alle anderen. »Vielleicht mußtest du die Führung übernehmen, als wir gerade gelandet waren, aber mußt du auch bis an unser Lebensende alle Entscheidungen für uns treffen?« Eine Tür schlug zu, und Arran kam in den Raum. »Was machst du da, Cleta?«

»Die Gegenstände aus dem Rettungsboot müssen vernichtet werden. Ich dachte, ihr hättet das schon erledigt. So verlangt es das dvanethianische Gesetz!«

»Das dvanethianische Gesetz!« Arran gab ein spöttisches Geräusch von sich. »Die Föderation verschwendet keinen Gedanken an uns. Was sie betrifft, sind wir tot. Welches Recht hat sie, uns Vorschriften zu machen?«

»Willst du nicht wenigstens die Schocker zerstören?«

»Gerade die Schocker will ich behalten.« Arran steckte einen in die Tasche. »Nicht, daß ich keinen in zwei oder drei Stunden herstellen könnte, wenn ich die richtigen Materialien hätte. Die einfachste Sache der Welt!«

Er näherte sich ihr, faßte sie am Arm und zog sie an sich; seine Augen loderten vor Gier. »Cleta, dieser Planet ... Zum Teufel, er könnte mir gehören! Diese rückständigen Barbaren – sie haben noch Verbrennungsmotoren! Sie sind gerade einen Schritt über die Erfindung des Rades hinaus! Ich könnte einen davon mit verbundenen Augen auseinandernehmen! Und das ist typisch für diesen Ort. Hör zu ...« Er musterte sie eindringlich. »Reidel rät immer zur Vorsicht, aber ich kann dir die Art Leben bieten, die du wirklich verdienst, und es wird auch nicht lange dauern. Sag, daß du mit mir kommst!«

Das Mädchen starrte ihn halbwegs amüsiert an, aber als seine starken jungen Arme sie herumrissen und umarmten, wurde ihr klar, daß dies kein Scherz war.

»Bitte, Arran ...«

»Ist es das, was du willst, Cleta?« fragte Reidel von der Schwelle her. Rasiert und ordentlich mit einem neuen grauen Arbeitshemd und Jeans bekleidet, sah er weniger wie ein Rauhbein und eher wie der strebsame Mann aus, der er gewesen war; doch nun schaute er müde und grimmig drein. Cleta suchte nach ein paar Worten der Entschuldigung; aber die Sprache ließ Telepathen im Griff starker Gefühle stets im Stich, und so schluchzte sie nur, elend vor Scham und unfähig, Arran zurückzustoßen.

Reidel ignorierte sie und versuchte, seine flammende Eifersucht unter Kontrolle zu bringen. War er ein zivilisierter Mensch oder ein verdammter Barbar? »Foster hatte einen Vorschlag für mich«, sagte er ruhig. »Er wollte, daß ich als Zureiter zu einem Rodeo gehe – das ist eine Pferdeschau. Ich habe es niemals ernsthaft in Erwägung gezogen, da ihr anderen es ja für wichtig hieltet, erst einmal unterzutauchen. Und mir war es wichtig, daß wir zusammenblieben.«

Cleta fand ihre Stimme wieder. »Ich weiß, daß wir zusammenbleiben müssen«, sagte sie schließlich. »Es tut mir leid, Reidel, so leid.«

»Dir muß nichts leid tun.« Er drängte sich an ihr vorbei und trank mit durstiger Hast ein Glas Wasser, als wäre nichts anderes wichtig. Das telepathische Mädchen fing einen seiner Gedanken auf: *Sie gehört mir nicht.*

»Ich bin kein Diktator. Du bist meinem Weg gefolgt, Arran; jetzt bin ich bereit, deinen einzuschlagen.«

»Es ist nicht mein Weg«, sagte der Junge verärgert. »Es wäre nur am besten für uns alle.«

»Egal.« Reidel nahm mit gebeugtem Kopf Platz. »Du hast das Kommando.«

Der erste Schritt von Arrans Plan war es, Vincentes Lastwagen loszuwerden; man konnte ihn zu leicht ausfindig machen, und er war sowieso kaum mehr als ein Schrotthaufen. Aber als sie sich in den unsteten Verkehr einfädelten, fuhr Reidel schweigend, mit hochgezogenen Schultern.

»Wir hätten Mathis mitnehmen sollen«, sagte er.

»Benutz deinen Verstand!« schnappte Arran. »Sein Bild war in der Zeitung, und man kann ihn ganz leicht identifizieren. Glaubst du, wir haben einen Telempathen nötig, um die Barbaren auf dieser rückständigen Welt zu überlisten?«

Reidel kam sich verzweifelt unsicher vor. Arran unterschätzte die Welt, auf der sie gelandet waren. »Ihre Technik ist vielleicht nicht so hoch entwickelt wie die unsere«, protestierte er, »obwohl wir noch nicht genug von ihr gesehen haben, um es wirklich zu wissen. Aber selbst so bedeutet es nicht, daß es ihnen an Intelligenz mangelt.«

Arran erwiderte nichts darauf, und Reidel gab es auf. Er konnte nur hoffen, daß sie nicht auf unangenehme Art und Weise herausfinden mußten, wie recht er hatte.

Sie hatten einen Gebrauchtwagenhandel gefunden, der geduckt unter einer Brückenauffahrt beheimatet war. Arran fuhr durch das Tor unter dem Schild mit den Leuchtbuchstaben, die die Worte WIR KAUFEN UND VERKAUFEN bildeten. Sie stiegen aus, und ein Verkäufer kam auf sie zu.

»Kann ich Ihnen helfen?«

Reidel hörte kaum zu und sah sich in den Reihen mit den Gebrauchtwagen um, während Arran mit dem Mann sprach. Er hatte den Führungsanspruch aufgegeben, sagte er sich; er würde sich nicht einmischen.

Arran hatte die Zulassung und den Fahrzeugbrief hervorgeholt. Er war vorsichtig genug gewesen, Vincente um die nötigen Besitzurkunden zu bitten. Der Verkäufer warf einen Blick auf sie.

»Arran Reydel, eh? Sie sehen ein bißchen jung aus, und ich sehe auch nicht die Gegenzeichnung eines Elternteils auf den Papieren. Sind Sie überhaupt schon geschäftsfähig?«

Arran verstand nicht ganz den Sinn seiner Worte, versuchte aber, die Unkenntnis mit Verärgerung zu übertünchen: »Natürlich«, sagte er und hoffte, daß es auch stimmte; aber er hatte nicht die geringste Vorstellung, wie hoch das geschäftsfähige Alter auf diesem Planeten war.

Der Mann gab ihm die Papiere zurück. »Vielleicht kommen wir ins Geschäft, aber ich muß erst telefonieren. Warten Sie hier.« Er deutete auf eine Holzbank, ging ins Büro und schloß die Tür. Arran setzte sich, doch Reidel blieb stehen.

»Wir stecken in Schwierigkeiten, Arran. Du hast auch keinen Führerschein. Siehst du nicht ein, wie wenig wir wirklich über diesen Planeten wissen, wenn eine einfache Sache wie ein Verkauf uns schon vor Probleme stellt, die wir ohne Mathis' Telepathie und Übersetzung nicht lösen können?« Ein rudimentärer Instinkt warnte Reidel, schnell von hier zu verschwinden; doch Arran, der weniger sensitiv war als er (wie alle Tierexperten war Reidel ein partieller Empath), begriff nicht, daß der Ältere den vollen Schwall des Argwohns des Verkäufers gespürt hatte.

»Mit einem Bluff kommen wir überall weiter. Entspanne dich, Reidel. Laß dir von diesen Leuten keine Angst einjagen.« Er grinste und streckte die langen Beine aus. »Und wenn wir nicht bluffen können . . .« Er tätschelte seine Tasche. Reidel sah ihn bestürzt an; er wußte nicht, was er meinte, spürte aber die Drohung in seinen Gedanken. Ein Schauer lief ihm über den Rücken. Unruhig wandte er sich um und sah, wie ein schwarzweißer Wagen in die Einfahrt bog und zwei uniformierte Männer ausstiegen. Der eine kam ruhig, aber zielbewußt auf Arran und Reidel zu; der andere bückte sich, um das Nummernschild von Vincentes klapprigem Lastwagen zu begutachten.

»Das ist er«, sagte er ruhig.

Der zweite Polizist sprach Reidel an. »Como se llama? A dónde vive? Dónde han ustedes trabajado?«

Zu lügen lag nicht in Reidels Naturell, und da Mathis nicht zur Hand war, platzte er mit der Wahrheit heraus. »Wir haben für Nick Foster gearbeitet, in Clearwater.«

»Das paßt«, sagte der zweite Mann. »Wir haben gerade illegale Einwanderer bei diesem Foster festgenommen. – Tun Sie mir den Gefallen und zeigen Sie mir bitte mal Ihre Arbeitskarte«, sagte er auf spanisch.

Reidel stand stumm da. Er wußte, daß sie keine der nötigen Papiere hatten.

»Es tut mir leid«, sagte der Polizist, »aber Sie müssen mit mir kommen.«

Arran warf wilde Blicke um sich und ballte die Hände zu Fäusten. »Reidel! Läßt du zu, daß dieser ... dieser ...« Es fehlte ihm an Worten. Seine Hand glitt in die Tasche und kam um den Schocker geklammert wieder zum Vorschein.

Ein reiner konditionierter Reflex ließ Reidel in Arrans Arm fallen und ihn niederzwingen. Mit einem kurzen Schlag ins Genick lähmte er Arrans Armmuskel, nahm ihm den Schocker aus der plötzlich tauben Hand, brach ihn mit einer schnellen Bewegung auf und zertrat den wesentlichen Bauteil unter der Ferse.

Dann befanden sie sich beide in harten, ihnen die Bewegungsfreiheit nehmenden Griffen. »Was war das?« fragte Arrans Häscher und fuhr hart und wirksam mit den Händen auf der Suche nach weiteren Waffen über den Körper des Jungen.

Aufs Geratewohl brachte Reidel eine Ausrede vor. »Ein ... ein Spielzeug ... er dachte, er könnte Sie damit erschrecken ...«

Der Polizist warf einen Blick auf das zerbrochene Plastikding in Reidels Hand und zuckte die Achseln. »Dann lassen Sie es mal fallen. Und Sie« – er gab Arran einen Stoß – »unterlassen diese Scherze. Wenn Sie es auf die harte Tour wollen, können wir Sie auch in Handschellen legen.«

Im Polizeiwagen saß Reidel stumm und mit eingefallenen Schultern da. Er wußte, daß Arran ihm vorwarf – und immer vorwerfen würde –, er habe ihre Flucht mit dem Schokker verhindert, aber er war zu wütend, um auch nur einen Gedanken an Arran zu verschwenden. Was würde mit den Frauen geschehen? Von Vincente wußte er, daß jeder, der die Grenze ohne Erlaubnis überschritt, kurzerhand deportiert wurde. Aber wohin? Und wie weit war dieser Ort entfernt?

Auf der Polizeistation wurden sie gründlicher durchsucht, und Reidels Messer wurde konfisziert. Dann wurden sie in eine Zelle abgeführt.

»Reidel«, sagte Arran, als die Stahltür zuschlug, und sprach in seinem Schrecken Dvanethianisch, »wir haben doch kein Verbrechen begangen, oder?«

Reidel kämpfte seine eigene Hysterie nieder. »Ich dachte, ich könnte die Frauen erwähnen – dann würden wir wenigstens zusammen deportiert, und was sind Länder und Grenzen hier schon für uns? Aber wir können nicht zulassen, daß sie an *einen solchen* Ort gebracht werden!« Auf Dvaneth, wo kleinere Vergehen mit Hausarrest geahndet und Kriminelle in Regulierungszentren und Krankenhäuser eingewiesen wurden, war das Stigma eines Ortes der tatsächlichen Haft schrecklich und lebenslang; es bedeutete einen Platz für hartgesottene, brutale Unbelehrbare, jenseits aller Wiedergutmachung.

Arran warf Reidel eine Obszönität aus der Gosse an den Kopf. »Warum hast du mich nicht den Schocker benutzen lassen, du . . .«

Reidel hielt seine Stimme so ruhig wie möglich. »Wir hätten sie nicht alle loswerden können. Und wenn sie erst einmal herausgefunden hätten, daß die Waffe nicht auf dieser Welt gebaut wurde, wären wir in Schwierigkeiten geraten.«

»Sind wir jetzt etwa nicht in Schwierigkeiten?« Arran verbarg das Gesicht in den Händen, und bestürzt und voller Mitleid begriff Reidel, daß der sonst rotzfreche Junge gegen ein kindliches Schluchzen ankämpfte. Reidel legte ihm die Hand auf die Schulter und versuchte, ihn wie auch sich selbst zu beruhigen. »Mathis wird nach den Frauen sehen. Und je weniger Ärger wir inzwischen machen, desto weniger werden wir auch bekommen. Warum versuchst du nicht, ein paar Stunden zu schlafen?«

Und schließlich schlief Arran, der noch jung war, ein. Reidel machte in dieser Nacht jedoch kein Auge zu.

10. Kapitel

In Landons Wohnung in New York wurde das Zifferblatt der Uhr zur Seite geschwungen, und Landon, der sich vor das Ding beugte, das ein Spiegel hätte sein können, hätte seine Krawatte geraderücken können.

– *Clannon.*

– *Vialmir hier. Berichten Sie.*

– *Ich fand die üblichen Implosionsreste. Ein dvanethianisches Rettungsboot.*

– *Nicht von Rhu'inn beherrscht? Sind Sie sicher, Clannon?*

– *Wie kann ich sicher sein?* Mit Gedanken, die schneller waren als Worte, umriß der Mann, der sich Landon nannte, seine Suche. Vialmir antwortete sofort.

– *Sie müssen die Überlebenden finden. Es könnte ein Rhu'inn-Sensitiver unter ihnen sein. Clannon, selbst die Benutzug des Augmentators, wie Sie sie in diesem Moment handhaben, wäre gefährlich, sollten sich Rhu'inn auf diesem Planeten aufhalten. Es könnte ihre Aufmerksamkeit erregen.*

Landon fühlte, wie sich die feinen kurzen Härchen auf seinem Hals in atavistischem Schrecken sträubten. Die Rhu'inn. Das Rätsel des Universums. Sie wiesen keine Sinne auf, die den allgemein üblichen ähnelten. Der Großteil ihrer Wahrnehmungen schien in einem Vibrationsbereich zu liegen, der sich außerhalb der sich mit menschlichen Sinnen wahrnehmbaren Wellenlängen befand. In bezug auf die materielle Welt waren sie blind, taub und unsichtbar. Sie schienen keine Vorstellung von Sehen oder Hören, Berühren oder Riechen zu haben.

Ihre Technik – wenn Technik das richtige Wort für etwas so Substanzloses war – war hauptsächlich extrasensorisch. Sie hatten nur eine Gemeinsamkeit mit den Menschen –

die beiden Sinne der Telepathie und Empathie. Dort begegneten die Menschen den Rhu'inn unter ziemlich gleichen Bedingungen – mit einer Ausnahme. Alles, was ein menschlicher Telepath mit den von der Föderation sorgfältig entwickelten Hilfsmitteln – Augmentatoren, telepathischen Dämpfern – bewerkstelligen konnte, konnten die Rhu'inn besser ohne sie vollbringen.

– *Könnten Rhu'inn hier leben, ohne sich zu verraten?*

– *Ich muß Sie nicht daran erinnern, daß Rhu'inn menschliche Gastkörper benutzen können.* Vialmirs Gedanke war grimmig.

– *Wenn es einen Telempathen unter den Überlebenden gäbe, besteht irgendeine Chance, ihn geistig aufzuspüren, ohne ihn körperlich ausfindig zu machen, Vialmir?*

– *Es ist nicht unmöglich.* Landon stellte sich geistig die hohe, fast unzugängliche Felsspitze in Tibet vor, auf der Vialmir lebte. Auf dem Meeresspiegel dieses Planeten hätte er in der dichten Sauerstoffatmosphäre nur kurze Zeit überleben können.

– *Einige meiner Leute hier sind gute Telepathen; schließlich sind sie seit Jahrhunderten unsere Kontaktpersonen auf der Erde. Sie nennen die Rhu'inn Teufel, und das nur überaus berechtigt. Ich könnte sie alle für eine Suche in den Augmentator holen. Es wäre gefährlich, aber dies ist ein Gesperrter Planet, und wir sind alle austauschbar.*

– *Wir könnten dies als letzte Möglichkeit versuchen, nehme ich an ...* Plötzlich kreischte der empfindliche mechanische Telepath stumm in nacktem Schrecken auf.

RHU'INN! HELFT UNS!

Der Schock war so heftig, daß Landon körperlich wankte, während der Schmerz in jedem Nerv seines Körpers und Gehirns stocherte. Dann wurde alles dunkel und blind – und verschwand.

Als die Sicht zurückkehrte, fand Landon sich bäuchlings auf dem Teppich liegend wieder. Ein Bild hatte sich in sein

Gehirn gebrannt; er konnte es nur im Gedächtnis untersuchen, denn Vialmir war wie eine ausgeblasene Flamme verschwunden, und Landon konnte den Augmentator nicht mehr einschalten. Vielleicht war Vialmir sogar tot oder von diesem gewaltigen Schock um den Verstand gebracht worden.

Das Bild war das eines großen Raumes, der irgendwie kahl und überfüllt wirkte. In seinem Zentrum war ein Lodern, das ein Feuer, aber auch ein das Gehirn blendender Mentalenergiefokus sein konnte. Es war nichts Ungreifbares an der Telepathie. Sie war genauso fühlbar wie elektrischer Strom, und einige Frequenzen waren tödlich; sie konnten ihre Harmonik in das Magnetfeld eines ganzen Planeten vibrieren.

Irgendwer – ein ausgebildetet Telepath oder Telempath, denn kein ungeschulter Verstand konnte eine so kraftvolle Ausstrahlung erwirken – hatte geistig um Hilfe gerufen; und dieser Ruf hatte sich auf dem Augmentator gezeigt wie ein Düsenflugzeug auf einem Radarschirm. Und dann endlich fiel Landon ein, daß all dies Ned Marcus' Gesicht wie eine Doppelbelichtung überlagert hatte.

Zehn Minuten später hatte Landon den Augmentator in seine Einzelteile und die Bauteile in Kisten mit Radio- und Elektronikzubehör verstaut. Dann war er auch schon – bis auf seinen Hut ohne Gepäck – unterwegs zum Flughafen.

»Ihr müßt es akzeptieren«, sagte Mathis schließlich. »Sie kommen nicht zurück.«

Die Sonne schickte am dritten Morgen grelles Licht durch die Jalousien der Ferienwohnung; selbst Dionie hatte es aufgegeben, weiterhin Optimismus vorzutäuschen.

»Aber was kann nur geschehen sein?«

»Vielleicht haben sie irgendein Gesetz gebrochen, ohne es zu wissen. Vielleicht sind sie verletzt worden.« Er verfluchte seine doppelte Empfindsamkeit; die Gefühle der Frauen zerrten an ihm und ließen seine Worte härter werden als beabsichtigt. »Oder sie haben uns im Stich gelassen.«

Cletas herzförmiges Gesicht erbleichte vor Schreck. »Das würden sie niemals tun!«

»Arran wollte uns am ersten Abend verlassen, um sich auf eigene Faust durchzuschlagen«, sagte Mathis müde. »Reidel hat es ihm ausgeredet – damals.«

»Ich kann nicht glauben, daß Reidel uns im Stich läßt«, wiederholte Cleta.

»Es ist deine Schuld!« Dionie fuhr wie ein kleiner, wilder Wirbel auf Cleta zu. »Du hast ihn immer heruntergemacht, dich mit ihm gestritten! Er hat dich gehaßt!« Ihre Stimme war hoch und hysterisch; plötzlich verfiel sie in ein heftiges Schluchzen und floh ins Nebenzimmer. Cleta erhob sich schockiert, um ihr zu widersprechen, und folgte ihr zwei oder drei Schritte; doch Mathis bewegte sich ungewohnt schnell, faßte sie am Arm und hielt sie zurück.

»Du würdest es nur noch schlimmer machen.« Mit einem befehlenden Nicken bedeutete er Linnit, der schluchzenden Dionie zu folgen. Als Linnit das Baby aufnahm und gehorchte, fügte Mathis hinzu: »Außerdem will ich mit dir reden.«

Aber als sie allein waren, sprach er lange Zeit nicht und musterte Cleta still; und schließlich war es Cleta, die das Schweigen brach.

»Mathis, was ist die äußerste Reichweite einer telempathischen Wahrnehmung?«

Der Zwerg zögerte und zuckte dann die Achseln. »Ich habe nie versucht, es herauszufinden, obwohl ich es vielleicht muß, bevor diese Sache vorbei ist. Sowohl Reidel als auch Arran verfügen nur über rudimentäre Psi-Fähigkeiten; aber wenn einer sie so gut kennt wie ich, müßte er imstande sein, auf vernünftige Entfernung mit ihnen Kontakt aufzunehmen. Ich habe es versucht. Soweit ich es sagen kann, befinden sie sich nicht in einer überschaubaren

Reichweite.« Er zögerte. »Welche telepathische Ausbildung hast du gehabt, Cleta?«

»Keine große. Warum?« Aber sie konnte seinen unausgesprochenen Gedanken lesen.

Wenn Reidel und Arran nicht desertiert sind, sondern von einem Unglück aufgehalten wurden, könnte es hier eine große Gefahr geben, eine Gefahr, von der wir besser wissen sollten.

Laut sagte er: »Vielleicht könnten wir beide zusammen andere Telepathen auf diesem Planeten erreichen. Ich habe es versucht – mehr oder weniger zufällig –, bislang aber nur zwei gefunden. Einer war verrückt. Der andere war ein Kind, das gerade laufen lernte und einen Gehirnschaden hatte. Die Zahl der Telepathen im Vergleich mit der Gesamtbevölkerung muß auf dieser Welt astronomisch gering sein. Es gibt viele Empathen, aber ohne Spezialausbildung können sie keine in Worte gefaßten Gedanken empfangen.« Er sah sie geradewegs an. »Das ist natürlich Dionies Problem«, fügte er hinzu.

Cleta wollte nicht daran denken. »Warum willst du, daß wir andere Telepathen suchen?«

»Weil sie uns glauben würden, Cleta. Kein anderer würde uns glauben. Und noch etwas – in einer Welt mit einer verhältnismäßig so geringen Zahl an Telepathen ist es möglich, daß die Intelligenteren, Angepaßteren unter ihnen sich zusammengeschlossen haben – wahrscheinlich in Form irgendeiner Geheimgesellschaft. Durch den hiesigen Beobachter stehen sie vielleicht sogar in irgendeinem Kontakt mit der Föderation. Aber die Hauptsache ist – sie würden uns glauben, und sie würden uns helfen, ihn zu finden.«

Cleta nickte. Es klang vernünftig. Sie nahm eine geistige Verbindung mit Mathis auf; dann erweiterten sie langsam, vorsichtig und Faden um Faden das Kontaktnetz und schickten fragende Gedankenfühler aus.

Es war ein Alptraum. Cleta war so wenig daran gewöhnt, ihren Geist offenzuhalten, daß sie binnen Minuten ein

Bündel roher, kreischender Nerven war. Von überall her strömten irrelevante Gedankenfetzen ein, aber kein einziges Mal errichtete sie einen Kontakt in dem vertrauten Fließen und Erwidern der gegenseitigen Telepathie. Einmal berührte sie einen Wechseldenker, und der Kontakt war so schmerzhaft, daß sie laut aufkeuchte und ihren Verbund zerschmetterte; es war, als streiche ein verbrannter Finger über Schmirgelpapier.

Mathis legte beruhigend eine Hand auf ihre Schulter. »Wie nahe?«

»Keine Ahnung!« Cleta schreckte vor diesem Kontakt zurück, und Mathis musterte sie unbehaglich.

»Du bist ausgebrannt. Wir versuchen es später noch einnmal.«

»Mathis, dieses zufällige Herumtasten bringt überhaupt nichts. Es wäre sinnvoller, wenn wir herauszufinden versuchten, wie Arran und Reidel die Stadt verlassen haben – Züge, Busbahnhöfe und so weiter. Du könntest überprüfen, ob sie dort jemand gesehen hat.«

»Busbahnhöfe«, wiederholte Mathis und sah Cleta mit solcher Intensität an, daß sie zurückschreckte. »Vielleicht hast du da etwas aufgeschnappt, Cleta; ich bin auch immer wieder darauf gestoßen.« Er erhob sich. »Hol dir einen Mantel, es ist kalt.«

Der Busbahnhof war groß und finster, und Cleta verharrte an der Tür, seltsam unwillig, ihn zu betreten. Mathis schaute ungeduldig zurück, und sie besiegte ihr Unbehagen und folgte der kleinen, mißgebildeten Gestalt durch die Menschenmenge.

Fast augenblicklich stieß sie auf die Ursache ihres Unbehagens. Neben einer Reihe von Gepäckschließfächern stand eine große, dunkelhaarige junge Frau – und der junge Mann, der sie am Morgen nach dem Absturz auf dem Feld entdeckt hatte.

Der Mann hob den Kopf, und seine Augen ruhten nachdenklich auf Mathis. Cleta spürte eine plötzliche, grobe geistige Berührung, holte zu einem telepathischen Schlag aus und stieß auf eine perfekte, dichte Verteidigung.

Voller Panik faßte sie Mathis am Arm. »Mathis, da drüben ... ist das nicht der gleiche Mann, der ... Vorsicht, er ist ein Wechseldenker!« Sie hatte laut geflüstert. Leise Sprache war unverständlich, es sei denn, man befand sich in Hörweite, während telepathischer Kontakt so offen war wie ein lauter Schrei, hielt sich ein weiterer Telepath zufällig im Wahrnehmungsbereich auf.

Mathis schaute auf. »Es ist nicht der gleiche Mann!« sagte er barsch. »*Nicht* der gleiche! Es kann noch nicht einmal ein ...«

Er hielt inne. Und dann ...

Dann wurde sich Cleta einer plötzlichen, gewaltigen Anspannung bewußt; wie ein grelles Licht, ein erschreckender Griff, eine Art geistiger Geruch. Furcht zerrte unter ihren Rippen.

Rhu'inn!

Rhu'inn! Das Wort vibrierte wie toll in ihrem Gehirn, und dann strömten plötzlich Worte in einer erschreckenden, vertrauten Sprache auf sie ein.

– Wo seid ihr? Wo seid ihr? Wir können euch nicht helfen, wenn wir nicht wissen ...«

Immer neue Worte hämmerten auf ihren Verstand ein, unglaublich verstärkt, nicht in ihrem dvanethianischen Dialekt, sondern in der Standardsprache, die jeder Föderationsbürger erlernte. Sie hielt sich mit einer Anstrengung aufrecht, die ihr Herz stoßen und stampfen ließ, aber ein Mahlstrom verwirrender Bilder floß wirbelnd in ihren Verstand – die Silhouette hoher Gebäude, eine Linie von Gebirgsgipfeln, dazu Kesters eingedrückte Brust und sein totes Gesicht, die dunkelhaarige junge Frau neben den Schließfächern, die glatte Oberfläche eines Augmentators, den man nur unter den Besitztümern gut ausgebildeter Telepathen finden würde.

Die schrecklichen Bilder strömten davon, wie eine Welle bei Ebbe. Cleta wußte nicht, wie lange sie bewußtlos und blind dort gestanden hatte. Das Mädchen und der vertraute-fremde Mann waren fort. Mathis war auf eine Holzbank gesunken und atmete schmerzerfüllt. »Verschließe dich«, murmelte er mit einer Anstrengung, die ihm den Schweiß auf die Stirn trieb. »Weit offen ... Wir sind nur davongekommen, weil sie es nicht wagten, Aufmerksamkeit zu erregen ...«

Draußen auf der Straße ertönte das hohe Schrillen einer Sirene, die leiser werdend verhallte, und Mathis zuckte vor Schrecken zusammen.

»Sieh nach, was passiert ist!«

Cleta war bei dem Gedanken, sich diesem Grauen wieder zu öffnen, krank vor Furcht, doch als sie kurz versuchte, mit jemandem in Kontakt zu kommen, senkte sich willkommene Normalität wie ein Tuch über sie. Eine nervöse Mutter beruhigte ein weinendes Kind; ein Mann in Uniform döste, den Kopf auf einen Rucksack gebettet, auf einer Bank; eine alte Dame in einem langärmeligen schwarzen Kleid starrte mit offener Entrüstung auf Cletas nackte Arme. Cleta war angesichts der ruhigen Normalität der Gedanken zu erleichtert, um sich darüber zu ärgern.

»Eine Frau ist auf dem Bürgersteig zuammengebrochen; man bringt sie ins Krankenhaus.«

Mathis entspannte sich. »Das überrascht mich nicht. Wenn sich bei *diesem* Spektakel ein latenter Empath im Umkreis von einer Meile befand ...« Sein Gesicht war noch immer totenblaß. Sie setzte sich neben ihn auf die Bank und schirmte ihn mit ihrem Körper und ihrem Geist ab.

»Was ist passiert?«

»Ich bin mir nicht sicher.« Cleta erkannte seine Erschöpfung schon daran, daß er Dvanethianisch sprach. »Plötzlich ist auf diesem Planeten die Hölle los, Cleta. Jemand hat versucht, uns beide zu töten – jemand, der ein paar

Rhu'inn-Tricks kennt. Und jemand anders hat versucht, mit einem Augmentator zu uns durchzukommen.«

Cleta hielt den Atem an. »Das heißt, daß es hier einen Beobachter gibt!«

»Ja«, sagte Mathis mit drängendem Unterton, »und wir müssen ihn finden. Das ist jetzt wichtiger als Leben oder Tod für uns. *Es sind Rhu'inn auf diesem Planeten!«*

Die nachdrückliche Erinnerung bewirkte, daß Cleta sich wieder ganz elend fühlte. Sie hüllte sich in ihren dünnen Mantel und betrachtete den gekrümmten Körper des Telempathen. Sie dachte nicht mehr an Mathis' fast übermenschliche Kräfte, nur noch an seine gequälte Schwäche und Zerbrechlichkeit. Ihre Augen weiteten sich wegen der Nachwirkungen des Schocks.

»Mathis«, sagte sie, »welchen Sinn hat es, wenn wir den Beobachter jetzt noch finden? Es gibt keine Verteidigung gegen die Rhu'inn – keine. Es ist jetzt nur noch eine Frage der Zeit.«

»Was bist du doch für eine Närrin, Cleta!« Mathis setzte sich auf, und seine dunklen Augen funkelten wild und unauslöschbar in seinem weißen Gesicht. »Glaubst du wirklich, daß ich mich durch ... diese Hölle quälen würde, wenn alles hoffnungslos wäre? Götter der Galaxis, warum, glaubst du, hat man zehn Telempathen in diesem Sternenschiff losgeschickt? Wir wollten eine neue Kolonie direkt am Rand der Gesperrten Planeten gründen, weißt du das nicht mehr? Hast du noch nie etwas von dem Negationsfeld gehört?«

»Noch nie«, sagte Cleta.

»Wir stehen erst am Anfang, etwas über die Rhu'inn zu lernen. Die Rhu'inn glauben nicht, daß der Mensch einen Verstand hat, der es wert ist, von ihnen ergründet zu werden. Genau wie ... Nun, einige Insekten haben eine bessere Sehfähigkeit als wir, aber deshalb ziehen wir doch nicht das Gehirn eines Käfers in Betracht. Telepathisch sind die Rhu'inn den Menschen so weit voraus wie ein Telepath dem Käfer, von dem ich gesprochen habe. Aber wir haben die Theorie entwickelt, daß sie die Menschen manchmal für nützlich halten, weil unsere Sinne sich in Dimensionen erstrecken, über die die Rhu'inn keine direkte Kontrolle oder Wahrnehmung haben.« Er hielt inne und fragte sich, wie er es ihr verdeutlichen sollte.

»Sie können physisch und geistig ganze Völker übernehmen, wenn sie wollen. Sie scheinen nicht zu verstehen, warum die Menschen etwas dagegen haben könnten. Zum Glück geben sie sich nicht oft damit ab.«

Er schwieg wieder, und Cleta erzitterte.

»Es ist ein Geheimnis«, sagte er schließlich, »sogar auf Dvaneth, aber es gibt einen Schutz. Das Negationsfeld. Ich könnte es nicht erklären, selbst wenn ich es verstanden hätte – was ich nicht habe. Aber es ist schon auf den meisten Föderationsplaneten in Betrieb und wird auf jeder neuen Kolonie errichtet. Kurz gesagt, wenn es im Magnetfeld eines Planeten errichtet wird, zwingt es die Rhu'inn in ihre Dimensionen zurück.«

Mathis lachte freudlos und rasselnd auf. »Soweit wir wissen, verletzt es sie nicht einmal – es zwingt sie einfach nur aus unserer Sektion des Raumzeit-Universums. Wie ein elektrischer Zaun um ein Viehgatter.«

»Und du weißt, worum es bei dem Negationsfeld geht?«

Mathis zögerte. »Ich könnte es nicht konstruieren«, stellte er dann klar, »aber mir sind die Grundlagen geläufig, und wenn ich den Beobachter finden könnte, wäre er vielleicht imstande, eins zu bauen, wenn ihm die nötigen Rohmaterialien zur Verfügung stehen. Vielleicht. Es klingt hoffnungslos, nicht wahr? Besonders, wenn man sich überlegt, daß das Negationsfeld eine sehr neue Erfindung und der Beobachter schon sehr lange auf diesem Gesperrten Planeten stationiert ist. Wahrscheinlich ist er schon lange, bevor jemand auch nur von dem Feld gehört hat, hierher gekommen. Aber dieses Risiko müssen wir eben eingehen.«

»Aber wie finden wir ihn?« fragte Cleta.

Mathis schloß müde die Augen. »Genau das ist das Problem.«

11. Kapitel

»Zum Glück hatte Miß Curran meine Adresse in ihrer Geldbörse«, sagte Steve Branzell.

Landon musterte ihn in dem düsteren weißen Krankenhausgang. »Aber was ist passiert?« fragte er.

»Ich weiß nicht mehr als Sie. Ich bekam einen Anruf, der besagte, daß eine Miß Curran hier im Krankenhaus sei. Ich wollte Sie in Ihrer Wohnung in New York erreichen. Dort hob jedoch niemand ab, und so fuhr ich hierher. Als ich hier angekommen war, rief Sylvia an, um mir zu sagen, daß Sie schon in San Angelo seien, und ich mußte nur in Ihrem Hotel anrufen. Sind Sie ein Hellseher?«

Landon antwortete nicht, denn eine Schwester winkte ihn zu der geschlossenen Tür.

Liz Currans hübsches Gesicht wirkte gegen das weiße Krankenhausnachthemd seltsam jung; Landon nahm ihre Hand, als fürchte er, sie zu zerbrechen. »Was ist passiert, meine Liebe?«

»Ich weiß es nicht.« Liz sah verängstigt aus. »Ich kann mich kaum an etwas erinnern. Man hat mir gesagt, ich sei auf der Straße ohnmächtig geworden.« Ihre dunklen Brauen zogen sich wie unter Schmerzen zusammen.

»Ich werde es mir niemals verzeihen, Sie allein gelassen zu haben!« Fast hätte Landon *allein mit Marcus* gesagt, doch er hielt sich zurück. Es konnte schließlich Ned Marcus gewesen sein, der dieses geistige SOS hinausgeschrien hatte.

Liz kämpfte darum, ihre Augenlider am Zufallen zu hindern, doch Landon zögerte, sie mit Fragen zu behelligen. Ein munterer junger Internist befreite ihn mit ein paar Worten von seinen dunklen Ahnungen.

»Eine leichte Gehirnerschütterung und eine schlimme

Quetschung am Hals, aber nichts gebrochen. Morgen ist sie schon wieder in Ordnung.«

»Keine Verbrennungen?« fragt Landon, und der Internist musterte ihn, als sei er ein gefährlicher Irrer. »Nein«, sagte er, »keine Verbrennungen.«

Draußen übernahm Branzell das Kommando und faßte Landon am Arm. »Kommen Sie. Wir werden etwas essen. Sie sehen aus, als wäre Ihnen der Leibhaftige persönlich über den Weg gelaufen.« Sie fanden ein ausgezeichnetes Restaurant, und während sie auf die Steaks warteten, stellte Landon die Frage, die ihn am meisten beschäftigte.

»Wo war Ned Marcus, als diese Sache passierte?«

»Das würde ich verdammt gern selbst wissen.« Branzell klang verärgert und besorgt. »Er hat sich nicht mehr bei mir gemeldet – und bei Sylvia auch nicht.«

Landon erinnerte sich noch ganz genau an den Kontaktschock; er war in seinem Gedächtnis gespeichert wie eine Fotografie, die er jetzt hervorholte und von jeder Seite untersuchte, um auch nicht das kleinste Detail zu übersehen.

Erstens: Ein unbekannter Telepath hatte seinen Kontakt mit Vialmir unterbrochen. Ein unter Anspannung stehender Telempath konnte sogar in einen gestrafften Augmentator-Strahl eindringen, und auf einem »kopfblinden« Planeten benutzten er und Vialmir die lockerstmögliche Zusammenschaltung.

Zweitens: Liz erlitt eine Gehirnerschütterung und Amnesie.

Drittens: Marcus war verschwunden.

Viertens: Der unbekannte Telempath hatte in der Tat die Anwesenheit von Rhu'inn wahrgenommen, was aber nicht bedeutete, daß ein Rhu'inn körperlich präsent gewesen sein mußte. Der Ausdruck »körperlich« war sowieso fast bedeutungslos, wenn man von Rhu'inn sprach, da ihre Raumwahrnehmungen nicht menschlich waren.

»Landon«, fragte Branzell mit jener beunruhigenden Fähigkeit, einer Gedankenkette folgen zu können. »Landon,

Sie haben unsere Welt als einen Gesperrten Planeten bezeichnet. Was hat das zu bedeuten?«

»Daß er auf Dauer von der Föderation abgeschnitten ist. Niemand kann ihn verlassen; jeder, der ihn betritt, muß ihn als Exil auf ewig akzeptieren.«

Die Erde war – bislang zumindest – kein Verbotener Stern, von dem man wußte, daß es dort Rhu'inn gab. Sie war ein Gesperrter Planet, da sie einst mit den Rhu'inn in Berührung gekommen war.

Niemand wußte warum. Niemand wußte, welche obskuren Gründe die Rhu'inn aus ihrem unbekannten transmateriellen Universum in die normale dreidimensionale Welt lockten. Niemand wußte, ob sie ganze Kulturen aus reiner Eroberungslust absorbierten oder aus der wissenschaftlichen Neugier des Naturkundlers, der sich ein Wolfsfell überstreift, um das Rudel zu studieren.

Aber sie kamen. Und so zogen Raumschiffe die Selbstvernichtung vor, um den Rhu'inn nicht in die Hände zu fallen. Und Planeten, die eine Invasion erlebt hatten, blieben für immer gesperrt. Wenn man den Rhu'inn unter rein körperlichen Bedingungen gegenübertrat, zum Beispiel wenn sie in einen menschlichen Gastkörper eingekapselt waren, war man in Sicherheit, solange man den Gastkörper kannte. Doch wenn man ihnen auf einer geistigen Ebene gegenübertrat, konnte man nur noch Selbstmord begehen oder sie zwingen, einen zu töten – und zwar schnell, damit sie einen nicht gegen die eigene Rasse benutzen konnten.

Landon fluchte. Er war Beobachter, und das war alles, was er tun konnte. Er konnte beobachten.

Für die Föderation – das hieß, für die Wunschdenker von Dvaneth – waren er und Vialmir hier, um auf eine mögliche Invasion der Rhu'inn zu achten. Aber ein oder zwei Mann konnten im Fall einer solchen Invasion ohne ein kleines Wunder überhaupt nichts tun. Solange er und Vialmir lebten, ging man auf Dvaneth davon aus, daß alles in Ordnung war. Meldeten sie sich nicht mehr, waren sie wahrscheinlich tot, und man schickte Ersatz. Verschwanden auch die Ersatzleute zu häufig, würde man die Erde von der Liste der Gesperrten Planeten auf die der Verbotenen Sterne setzen.

Wie selbstzufrieden hatte er seinen Posten als Wetterballon doch akzeptiert!

Wieder fluchte er heftig. »Ich lebe seit dreißig Jahren hier, ohne begriffen zu haben, daß ich nur ein Zugeständnis an die Politik bin!«

Er berichtete Branzell so viel, wie er konnte, ohne die Rhu'inn zu erwähnen.

Branzell hatte sein Steak kalt werden lassen, während er zuhörte. »Großer Gott«, murmelte er schließlich. »Das erklärt all die Legenden! Landon, wir müssen sie finden! Ich habe ein halbes Dutzend neuer Spuren. Einer von ihnen ist Telepath, sagen Sie? Sylvia ist Hellseherin, ich hole sie hierher, und wir sehen, ob sie Kontakt mit ihnen aufnehmen kann. Ich überprüfe jede Tankstelle und jeden Gebrauchtwagenhändler persönlich, und auch jedes Hotel, jede Pension oder jedes Motel, in dem sie sich verstecken könnten.« Seine Augen strahlten Landon an, und er schwor: »Ich werde sie finden, und wenn ich San Angelo Haus für Haus durchsuchen muß!«

Am nächsten Morgen wurde Liz aus dem Krankenhaus entlassen. Landon hatte während einer schlaflosen Nacht entschieden, daß er sie bei dieser Jagd keinen Schritt weiter mitschleppen würde. Die Sache war schon zu brenzlig geworden.

Ein anderer Gedanke schlich sich immer wieder in seinen Geist: Liz oder Marcus – oder beide – könnten freiwillig oder gezwungenermaßen Werkzeuge, Gastkörper oder Opfer der Rhu'inn sein. Hinter Marcus' Wechselgedanken konnte alles mögliche stecken. Und während Liz ehrlich schien, hatte Landon in einer harten Schule gelernt, nicht einmal den eigenen Gefühlen zu trauen.

»Ich stecke fest«, gestand er Liz ein und sank in den bequemen Sessel des Hotelzimmers. »Das ist das Ende der Fährte. Ich gebe auf. Ich muß nach New York zurück und dort retten, was noch zu retten ist. Branzell steht kurz davor, die Öffentlichkeit zu informieren – er wird keine falsche Story drucken, aber er glaubt an diese. Ned Marcus ist verschwunden, und er hat den radioaktiven Bromrest. Wenn er auf eigene Faust versucht, ein paar Spuren zu verfolgen, oder das FBI ihm auf die Schliche kommt – und das kommt es vielleicht –, werde ich einiges zu erklären haben. Und in meiner Wohnung in New York befinden sich unter anderem Teile eines Augmentators und eines Telepathiedämpfers.«

Und obwohl er nichts davon sagte, mußte er sich auch überzeugen, ob Vialmir noch lebte. Wenn nicht – und wenn er den unbekannten Telempathen nicht finden konnte –, nun, dann mußte er irgendwie Meldung machen, daß die Rhu'inn wieder hier waren.

»Clint, Sie können die Überlebenden jetzt nicht im Stich lassen!«

Einem Drang gehorchend, der so unwiderstehlich wie der Augenblick selbst war, griff Landon nach Liz. Doch bevor er sie umarmen konnte, strömte wie Eiswasser die Wirklichkeit und das Gefühl schrecklicher Einsamkeit über ihn hinweg. Er unterdrückte den Drang und hielt sich mit aller Gewalt im Zaum. »Liz«, sagte er heiser, »Sie ... Sie sind wunderbar. Gott sei mit Ihnen. Aber ich muß zurück. Machen Sie sich nicht zuviel Sorgen um sie. Sie werden sich anpassen. Ich habe mich auch angepaßt.«

»Ach ja?« Er las Mißbilligung in ihren dunklen Augen. Sie wandte sich um, ohne ihn noch einmal anzusehen.

»Wenn Sie es ernst meinen, gehe ich los und reserviere die Flüge.«

Sie war lange genug fort, daß Landon sich allmählich schon wieder Sorgen machte; aber gerade als seine Angst Oberhand gewann, kehrte sie mit Steve Branzell im

Schlepptau zurück. Branzell sah frohlockend drein, und Landon verspürte plötzlich den Wunsch, seinem Enthusiasmus ein paar Nadelstiche zu versetzen.

»Haben Sie mir einen Flug reserviert, Liz?«

»Noch nicht«, gab Branzell für sie zurück. »Ich möchte, daß Sie hier auf einen Anruf warten. Und bevor Sie wütend auf mich werden, weil ich mich eingemischt habe ...«

Landon ging auf Branzell zu, und seine Augen waren schrecklich. Nackte Furcht hatte jede Vorsicht verdrängt.

»Ich schwöre, wenn Sie mich verraten haben ... *Was haben Sie getan?*«

»Ich habe getan, was wir schon vor Wochen hätten tun sollen ... na ja, zumindest vor Tagen«, knurrte Branzell, »statt wie ein interplanetarer Sherlock Holmes herumzuschnüffeln. Ich ging von der Annahme aus, daß Sie ein angesehener Geschäftsmann sind und kein Space Ranger oder Hochwohlgeboren vom Mars ...«

Landon starrte ihn an; er spürte, daß seine Knie nachgaben, und setzte sich. *»Sie meinen, Sie glauben mir nicht ...«*

»Doch, zum Teufel«, sagte Branzell. »Ich rede davon, was Sie die Leute glauben machen wollen. Ich kenne Leute in ganz Texas. Ich ging zum Polizeichef, gab ihm Ihre Karte, zeigte ihm das Bild in der Zeitung und sagte, daß Sie versuchen, ein paar entfernte Verwandte auszumachen, die vielleicht illegal eingewandert sind und sich in San Angelo aufhalten könnten. Er führte vier Telefongespräche auf Kosten des Steuerzahlers und sagte dann, daß Ray Reydel und Arran Reydel an der Grenze festgehalten werden und auf ihre Ausweisung warten.«

Er hob die Hand und brachte Landons kurzen Ausruf zum Verstummen.

»Er hat vorgeschlagen, daß Sie sie anrufen, und wenn sie sich als Ihre lange verlorenen Enkelkinder, Vettern oder was auch immer herausstellen, können Sie sie dort abholen und legal ins Land bringen.« Branzell hob die Achseln. »Ich kann an zwei oder drei Fäden ziehen; Sie werden keine Schwierigkeiten mit den Einreisegenehmigungen haben.«

Landon fühlte sich benommen; so einfach war das alles. »Glauben Sie, ich sollte es tun?«

»*Sollte*, zum Teufel«, sagte Branzel. »Ich habe es schon getan. Sie überlegen sich besser, was Sie sagen, wenn sich dieser Reydel als ganz normaler Mexikaner mit einem Talent zum Stierkampf erweist.«

12. Kapitel

Laredo lag heiß, trocken und verlassen im Glanz des Mittags, und Arran blickte sich im Wartesaal des Flughafens mißtrauisch um. »Glaubst du nicht, daß es eine Falle sein könnte?«

Reidel war über sich selbst verwirrt, weil er Arrans Unruhe teilte. »Nein. Ich habe gestern selbst mit ihm gesprochen, und er hat dvanethianisch mit mir geredet. Er ...« Reidel hielt inne, denn ein Mann und eine große, dunkelhaarige Frau kamen ihnen durch den Raum entgegen. Einen Augenblick dachte Reidel, sein Herz würde zu schlagen aufhören, denn die Frau sah aus wie Cleta. Dann jedoch sah er das unbekannte Gesicht unter dem dunklen Haar und atmete – elend vor Enttäuschung – tief ein.

Schließlich fand er Stimme und Fassung wieder. »Sie sind ... Landon?« sagte er zu Clannon.

»Reidel!« Selbst ein weniger empfindsamer Fremder hätte die Wärme in Landons Händedruck gespürt. »Schön, Sie endlich kennenzulernen. Sie haben mir ja eine tolle Jagd bereitet!«

»Wie haben Sie uns gefunden, Beobachter?« fragte Arron auf dvanethianisch.

»Es ist eine lange Geschichte, und wenn Sie nichts dagegen haben, sprechen wir englisch – spanisch, wenn es Ihnen lieber ist. Es wäre ebenfalls klug, die Formalitäten schnell hinter uns zu bringen.«

Da Branzell seinen Einfluß hatte spielen lassen, gab es derer nur wenige. Man trug den beiden auf, ihre Adresse beim Einwohnermeldeamt eintragen zu lassen, sollten sie länger als sechs Monate im Land bleiben; da sie keine neueren Impfbescheinigungen aufbringen konnten, wurden sie einem örtlichen Arzt überstellt. Reidel unterzog sich der Prozedur mit amüsierter Neugier, Arran mit flammender Ablehnung. Wären sie allein gewesen, hätte Reidel ihm einen fröhlichen Klaps auf den Rücken versetzt.

Schließlich konnte Landon ihnen an Bord der gen Norden fliegenden Maschine und in der verhältnismäßigen Abgeschiedenheit der hinteren Sitzreihen Schritt für Schritt von der Suche berichten. Nun, da die Spannung von ihm abgefallen war und die Entwürdigung der Haft hinter ihm lag, kehrte Reidels Denkweise wieder zu den Grundmustern zurück, die seit dem Absturz des Rettungsbootes von vorherrschender Bedeutung gewesen waren.

»Es ist mir noch nicht in den Sinn gekommen, Sie zu fragen, wohin wir fliegen, Clan . . .« Er unterbrach und berichtigte sich. »Landon. Aber sollten wir nicht versuchen, die anderen zu finden?«

»Es tut mir leid«, sagte Landon zögernd. »Meine Freunde versuchen, sie ausfindig zu machen. Im Augenblick halte ich es für das klügste, Sie mit nach New York zu nehmen. Aber sobald die Sicherheit gewährleistet ist und sich eine Gelegenheit ergibt, stehen Ihnen alle meine Mittel für Ihre Suche zur Verfügung.«

»Wenn es soweit ist«, stieß Arran hervor, »werden sie sich so gut abgeschirmt haben, daß sie nicht einmal ein Telempath mit einem Planetensucher finden würde.«

Landon runzelte angesichts der übersetzten dvanethianischen Begriffe die Stirn. »Sie bitten uns nicht darum«, sagte Reidel barsch. »Es ist ein Befehl, nicht wahr?«

Landon fühlte sich unbehaglich. »Ich würde es nicht so ausdrücken. Ich bin älter, und ich habe hier mehr Erfahrung . . .«

»Und Hilfsmittel«, stieß Arran hervor.

»Sie werden es wohl am besten wissen«, sagte Reidel schließlich. »Aber bei den anderen sind Frauen. Junge Frauen. Ich mache mir Sorgen um sie.«

»Reidel, dieser Streit ist doch sinnlos«, sagte Arran. »Wir sind seiner Gnade ausgeliefert.«

Landon versuchte gar nicht erst, darauf zu antworten; er

wußte, daß nichts, was er sagte oder tat, Arrans dumpfe Entschlossenheit beseitigen konnte dagegenzureden. Er fragte sich nach dem Grund.

Auch Reidel war innerlich rebellisch, versuchte aber zumindest, vernünftig zu sein.

Landons Wohnung wies die eigentümliche Stille von Räumen auf, in denen seit Tagen niemand mehr gelebt hat, doch als er sie betrat, runzelte er die Stirn. Es war nicht einmal für einen rudimentären Telepathen schwierig festzustellen, ob sich jemand mit seinen Sachen beschäftigt hatte. Es konnte die Putzfrau gewesen sein, aber Landon vermutete das Schlimmste. In letzter Zeit hatte er sich zum Pessimisten entwickelt.

Er zeigte seinen Gästen das zweite Schlafzimmer und runzelte angesichts des großen Poststapels die Stirn. Schließlich kamen Reidel und Arran zu ihm, gewaschen, gekämmt und frisch eingekleidet, und Landon deutete auf den Stapel. »Ich arbeite gerade die Post auf, die sich während meiner Abwesenheit angesammelt hat.«

»Was tun Sie eigentlich – wenn Sie keinen Schiffbrüchigen nachjagen, meine ich?«

Landon kicherte. »So oft kommt das nun auch nicht vor. Ich bin Produktionsanalytiker. Ich entwerfe Fabrikeinrichtungen, Fließbänder und so weiter.« Er erklärte es im Detail, und Arran hörte fasziniert zu. Landon fiel ein, daß der Junge es schon bis zum Randraum eines Raumschiffs gebracht hatte. »Vielleicht können Sie hier auf eine Ingenieurschule gehen«, schlug er vor. »Da würden Sie den nötigen Hintergrund erlangen, das technische Vokabular . . .«

»*Hier* eine Ingenieurschule?« Arran gab die dvanethianischen Worte wie eine Obszönität von sich. »Alles, was ich hier gesehen habe, kannte ich schon, bevor ich allein mit dem Löffel essen konnte. Hier benutzt man noch Verbrennungsmaschinen! Auf eine hiesige Schule soll ich gehen?«

Landon bedeutete ihm zu schweigen. Dies war der richtige Moment, eine Auseinandersetzung zu erzwingen. »Wie Sie wollen. Aber ich muß Sie um etwas bitten oder als Ihr Vorgesetzter unter dvanethianischem Gesetz darauf bestehen ...«

Arrans Gesicht zuckte spöttisch. »Wir befinden uns ein gutes Stück von der Gesetzbarkeit entfernt, Beobachter.«

»Dann nennen Sie es einen persönlichen Gefallen. Aber sprechen Sie englisch – oder spanisch, wenn Ihnen das lieber ist –, und zwar immer. Selbst, wenn Sie glauben, wir wären allein. Dies ist das einzige, worum ich Sie bitte, und zwar zu meinem eigenen Schutz. Und mein hiesiger Name ist Landon.«

Sein Tonfall brachte Arran augenblicklich zum Schweigen. Landon stöberte in der Wohnung herum und sammelte die versteckten Schachteln mit den Einzelteilen. »Machen Sie es sich bequem. Ich muß einen Bericht abliefern.«

Arran trat neben ihn und schaute zu, als er die Einzelteile auf dem Tisch ausbreitete. Er hatte ein völlig gleichgültiges Gesicht aufgesetzt, aber Landon spürte deutlich sein Interesse.

»Wenn ich verreise, nehme ich den Augmentator immer auseinander.«

»Haben Sie ...« Arran hielt inne. »Ich kenne die englischen Ausdrücke nicht!« sagte er dann trotzig.

»Ich kann sie Ihnen nennen«, entgegnete Landon, bereit, Nutzen aus seiner gegenwärtigen Zugänglichkeit zu schlagen.

»Inzwischen könnte ich den Augmentator zusammensetzen. Ich habe es schon unzählige Male gemacht. Bei meiner Lehrlingsprüfung mußte ich mit verbundenen Augen einen Matrixdämpfer auseinandernehmen und wieder zusammensetzen.«

»Dann machen Sie weiter«. Landon trat zur Seite und sah zu, wie die jungen, geschickten Hände die Einzelteile zusammensetzten und den Schrott, den er zur Täuschung hinzugegeben hatte, aussortierten. Arran würde keine Schwierigkeiten haben, es hier auf der Erde zu etwas zu bringen, wenn er die Grundlagen des technischen Vokabulars erlernt und die arrogante Anmaßung, den Erdenmenschen überlegen zu sein, aufgegeben hatte. Landon, der die Technik von zwei Planeten in- und auswendig kannte, hatte einen grundlegenden Respekt für die der Erde.

Sie beendeten ihre Arbeit, und er aktivierte den Augmentator.

Der Ruf bekam keine Antwort.

Landon runzelte die Stirn, öffnete das Gerät wieder und überprüfte Arrans Arbeit – überflüssigerweise, denn sie war perfekt. Erneut stellte er das Gerät genau ein, und wieder erhielt er keine Antwort.

Er wartete, und sein Mut sank auf den Nullpunkt. Schließlich ließ er sich schwerfällig auf einen Stuhl fallen.

Es hatte nichts zu bedeuten. Vielleicht war Vialmirs Augmentator außer Funktion. Oder Vialmir war sonstwie beschäftigt – oder krank. Oder die atmosphärischen Bedingungen waren unbefriedigend. Aber die Antwort, die er am meisten fürchtete, erschien ihm als die wahrscheinlichste: Vialmir war getötet worden oder aufgrund des Schocks zumindest nicht mehr handlungsfähig.

Dann mußte, auch um das Risiko der Geheimhaltung, um das Risiko ihrer aller Leben, *Mathis gefunden werden!*

Der zerbrechliche Krüppel war vielleicht das einzige Bollwerk dieser Welt gegen eine unvorstellbare Gefahr. Als Telepath und Empath, als Mißbildung der menschlichen Rasse, war Mathis ihre einzige Verteidigung.

Und keiner wußte, wo Mathis war.

13. KAPITEL

Er überlegte, ob er Steve Branzell anrufen und der neuen, schrecklichen Bedeutung der Suche Nachdruck verleihen sollte, als auf dem Gang Schritte ertönten und jemand an die Tür klopfte. Er schwenkte das Zifferblatt der Uhr zurück, bedeutete Reidel, die Tür zu öffnen, und stellte sich hinter ihn.

Er sah zwei Männer im Gang: beide in korrekten grauen Geschäftsanzügen, beide mit starrem Gesicht und einander ähnlich, obwohl der eine groß war und ein schmales Gesicht hatte und der andere rundlich war und schon einen Glatzenansatz aufwies. Der Rundliche hob ein Lederetui.

»Sonderermittler Platt, und das ist Jorgenson«, sagte er knapp. Landon blickte auf ihre Marken und bat sie mit unerschütterlicher Höflichkeit herein.

»Sie wissen, warum wir hier sind, Landon?«

»Ich habe nicht die geringste Ahnung.«

Platt, der Mann mit dem rundlichen Gesicht, hatte das Reden übernommen. »Sie haben kürzlich eine Reise nach Texas unternommen? In die Nähe der dortigen Raketenbasen?«

»Wenn ich einer Raketenbasis auch nur hundert Meilen nahe gekommen bin, habe ich es jedenfalls nicht gewußt«, sagte Landon und sprach die absolute Wahrheit. Die Raketen dieser Welt waren viel zu unwirksam, um ihn zu interessieren.

Platt blätterte ein Notizbuch auf. »Sie sind einen Monat geblieben und haben sich ein paar sehr gute geschäftliche Angebote entgehen lassen. Haben Sie eine Erklärung dafür?«

Landon lehnte sich gegen den Kaminsims. »Ich verstehe nicht, warum ich eine Erklärung dafür haben sollte. Verstößt es gegen das Gesetz, meine Geschäfte zu vernachlässigen?«

Um Platts Mund blitzte die Spur eines Lächelns auf. »Nicht, wenn Sie nicht bankrott gehen. Aber nur für die Unterlagen ... was haben Sie in Texas *gemacht?*«

»Freunde besucht. Ich habe ein paar mexikanische Verwandte ausfindig gemacht, denen es schlechtging, und ich habe sie dann hierher geholt.«

»Ich verstehe.« Platt klappte sein Notizbuch zu. »Was ist mit dem radioaktiven Brom?« fragte er mit betäubender Plötzlichkeit.

Landon war wie vor den Kopf geschlagen.

Seine Gedanken rasten wild, aber seine Antwort verriet lediglich höfliches Interesse.

»Nun ja, was ist damit?«

»Sie machen besser keine Witze darüber. Zuerst einmal ...« Platt durchquerte den Raum, schwenkte das Zifferblatt der Uhr zurück und berührte die Oberfläche des Augmentators. »Was ist das für ein Gerät? Wir haben diese Wohnung nach einem Anruf des FBI überprüft und überall elektronische Einzelteile gefunden.«

»Meine Herren«, murmelte Landon, »die Elektronik ist mein Beruf.«

»Ja. Dann haben wir in einem Wagen, den Sie gefahren haben, einen Behälter mit angeblichen Treibstoffrückständen gefunden ...«

Ned Marcus. Als Platt fortfuhr, blitzte der Name wie eine rote Ampel auf. »Wir haben einigen Grund zu der Vermutung, daß Sie mit ... sagen wir, einem illegalen Bestimmungsort in Kontakt stehen und kommunizieren. Haben Sie etwas dagegen, wenn wir die Wohnung nach einem Funkgerät durchsuchen?«

Der Gedanke war so absurd, daß Landon fast gelacht hätte. »Einen Sender dieser Stärke? In einer Wohnung dieser Größe? Sicher, suchen Sie. Verstecken Sie ein Kernkraftwerk in Ihrer Tasche?«

Der hagere Jorgenson kicherte, verstummte dann aber unter Platts Stirnrunzeln.

»Wenn Sie etwas finden, das einem Radio ähnelt – abgesehen von dem Kurzwellenempfänger im Schlafzimmer, auf dem ich mir Nachrichtensendungen und Konzerte anhöre –, dann verspeise ich es vor Ihren Augen. Und was den Augmentator betrifft, wenn Sie wollen, rufen Sie einen Funkexperten her, der ihn sich ansieht.«

»Nicht nötig«, sagte Jorgenson grimmig. »Ich war im letzten Krieg Funker.« Vorsichtig näherte er sich dem Augmentator. »Wie haben Sie dieses Ding genannt?«

»Einen Telepathie-Augmentator.«

»Einen Telewas?«

Landon buchstabierte mit steinernem Gesicht.

»Hm«, sagte Jorgenson ohne Modulation in der Stimme. »Sieht aus wie der Alptraum eines Amateurradiobastlers. Ich fange mir doch keinen elektrischen Schlag ein, oder?«

»Keine Leitungsschnur, keine Batterien.« Landon öffnete den Verschluß der flachen Metalloberfläche und legte den Mechanismus offen. Der Beamte kniete nieder und untersuchte die Spulen und Röhren mit peinlich genauer Sorgfalt.

»Inspektor, was soll ich überhaupt angestellt haben? Ich mache kein großes Aufsehen um diese Sache und verlange auch keinen Hausdurchsuchungsbefehl, weil ich zufällig nichts zu verbergen habe. Aber was soll ich angestellt haben?«

»Es steht mir nicht zu ...« Platt überlegte einen Moment. »So viel kann ich sagen. Vor einem Monat erfaßte die Zivilverteidigung etwas auf den Radarschirmen, das ein großer Meteor oder ein kleines Flugzeug gewesen sein könnte. Sie sind zum Einschlagort gereist, und dort hat man einen Toten gefunden. Egal, was die örtlichen Polizeibehörden sagen, bei dem Opfer handelt es sich nicht um einen mexikanischen Einwanderer. Die Analyse seines Mageninhalts beweist, daß er seine letzte Mahlzeit nicht in diesem Land gekauft hat. Dann haben Sie angebliche Treibstoffreste geborgen und wieder versteckt . . .«

Landon sah den Beamten an. Platt war der Wahrheit so nahe gekommen und dennoch so fürchterlich weit von ihr entfernt, daß er versucht war, ihm die ganze Geschichte zu erzählen.

»Benutzt irgend jemand auf der Erde allomorphisches Brom als Raketentreibstoff?« fragte er mit verzweifelter Ernsthaftigkeit.

»Man benutzt es jetzt«, sagte Platt lakonisch. »Wenn Sie so viel wissen, was geschah dann mit den Trümmern?«

»Es gab keine«, sagte Landon müde. »Der Selbstvernichtungsmechanismus hat das Schiff nach der Landung zerstört. Es implodierte und wurde umgewandelt in freie Neutronen, Wasserstoff und radioaktiven Kohlenstoff – und wenn Sie behaupten, es gäbe irgendeine Nation auf der Erde, die Russen eingeschlossen, die *diesen* Prozeß beherrscht, dann sind Sie ein Narr oder ein Lügner.«

Jorgenson gab ein nicht druckfähiges Wort von sich, stand auf und wischte sich den Staub von den Knien. »Radio! Dieses Ding würde nicht mal eine Radiowelle bis nach Flatbush schicken! Es sind nur nachgemachte Röhren – Glas- und Fluorkalziumkristalle –, eine hübsche Imitation. Natürlich«, fügte er langsam hinzu, »könnte ich nicht sagen, ob es überhaupt etwas tut. Aus dem Stegreif würde ich es verneinen, aber ich würde nicht mein Jahresgehalt darauf verwetten. Ich kann nur sagen, daß es kein Funkgerät ist.«

»Das ist alles, was ich wissen will.« Platt wandte sich zur Tür. »Sie hören von uns, Landon.«

»Jetzt laufen Sie also zu Ihrem Hauptquartier zurück«, sagte Landon verbittert, »und wenn die Wissenschaftler die kristalline Struktur des radioaktiven Broms analysiert haben und der Amtsschimmel ordentlich zum Zug gekommen ist, kommen Sie zu dem Schluß, daß dieses Brom nicht auf der Erde entstand. Und dann lassen Sie den Amtsschimmel wieder ordentlich wiehern und fragen mich, was ich weiß, und dann ...« – seine Stimme war jetzt wütend – »... berufen Sie eine Psychiatertagung ein, um zu entscheiden, ob Sie mir glauben oder nicht. Aber dann wird es zu spät sein.«

»Sie hören von uns«, wiederholte Platt nur.

Als sie gegangen waren, sank Landon auf einen Stuhl und vergrub das Gesicht in den Händen. Reidel kam zu ihm; er sah völlig verstört aus. »Es würde mir leid tun, wenn wir Sie in Schwierigkeiten gebracht haben.«

Landon seufzte. »Es ist nicht Ihre Schuld. Selbst wenn Sie alle beim Absturz umgekommen wären, hätte ich die Implosionsreste ausfindig machen müssen. Aber Sie verstehen, was das bedeutet – wenn die Erde jetzt radioaktives Brom benutzt?«

»Na ja«, wollte Arran wissen, »was sonst kann man benutzen?«

»Genau das ist des Pudels Kern. Es hat hier bislang noch keine echte Raumfahrt gegeben, weil man mit den falschen Treibstoffen gearbeitet hat – unwirksamem und unglaublich teurem Zeug. Aber wenn sie das allotropische Brom entdeckt haben, dann sind sie dabei – oder eigentlich draußen, im All. Keine interplanetaren Reisen – *interstellare!* Vielleicht verzögert sich die Sache noch ein wenig, aber allerhöchstens um ein, zwei Jahre.«

Nun mußte er irgendwie – unter unglaublichen Schwierigkeiten, wenn Vialmir wirklich tot war – eine Meldung losschicken. Dieser spezielle Gesperrte Planet war nicht mehr länger durch die Unfähigkeit isoliert, über seinen toten Mond hinaus ins All vorzustoßen. Aber bevor er sich anschicken konnte, diesen Tatbestand zu erklären, klopfte es wieder an der Tür.

»Wer kann das denn sein?« fragte Landon, versucht, gar nicht zu öffnen. Dann kam ihm jedoch der Gedanke, daß es vielleicht Liz Curran sein könnte, und er ging doch zur Tür.

Ned Marcus stand auf dem Gang.

»Zum Teufel«, sagte Landon voller Abscheu. »Sie?« Er wollte die Tür zuschlagen, doch Marcus schob den Fuß dazwischen.

»Warten Sie! Ich schätze, ich schulde Ihnen eine Erklärung. Hören Sie, ich mußte meinen eigenen Hals retten. Das FBI wollte mich wegen dieses Mordes verhören, und die Beamten fanden das radioaktive Zeug auf dem Rücksitz meines Wagens. So habe ich gesagt, es gehöre Ihnen. Was hätte ich sonst tun können? Sie redeten von einem abgestürzten russischen Testflugzeug und von Treibstoff, den man in Cape Canaveral gestohlen habe.«

Landon musterte ihn und wurde sich plötzlich bewußt, daß sie noch immer auf der Schwelle standen. »Kommen Sie also herein. Ich will nicht hier draußen im Korridor mit Ihnen darüber streiten.«

Marcus trat ein und sah Reidel mit einem Blick des gegenseitigen Erkennens an. »Weshalb sind Sie sauer auf mich, Landon? Sie haben sie doch trotzdem gefunden, wie ich sehe.«

Und Landons Gedanken prallten wieder glattweg von der Oberfläche des Wechseldenkens ab.

Er war sicher, daß Marcus seine Gedanken bewußt verschleierte. Der gewöhnliche Nichttelepath war jedem Telepathen ausgeliefert, der seine Sprache beherrschte und den richtigen geistigen Hebel drückte. Marcus jedoch widerstand dem härtesten geistigen Angriff, den Landon wagte, einen Angriff, der einem Mord nahekam.

Marcus schien nichts von dem brutalen geistigen Anschlag bemerkt zu haben. Er unterhielt sich beiläufig mit Reidel und Arran über die Suche. »Ist Miß Curran in Ordnung? Sie brach auf der Straße zusammen, und ich brachte sie in ein Krankenhaus; dort nahm mich das FBI noch einmal vor. Hören Sie, können Sie die ganze Sache nicht beweisen, indem Sie dem FBI die Formel für diesen Treibstoff geben?«

Landon starrte ihn an und lachte schließlich.

»Ich bin Industrieberater, kein Raumfahrer. Wahrscheinlich weiß ich weniger über Raumschiffe und Treibstoffe als Sie! Aber selbst wenn ich die Formel kennen würde, wäre es mir nicht erlaubt, mich in die inneren Angelegenheiten dieses Planeten zu mischen. Wenn man irgendeiner Nation einen technischen Fortschritt über eine andere verschafft ...«

»Selbst wenn diese Nation den Weltfrieden aufrechterhält?«

Landon zuckte die Achseln. »Schwenken Sie Ihre Fahne doch woanders.«

»Aber ich kenne die Formel für den Treibstoff, Clannon!« warf Arran ein. »Könnten Sie nicht ...«

Landon wandte seinen Blick von Marcus ab; eine tödliche Drohung lag in seinen Augen.

»Nein! Nicht einmal, um mein oder euer Leben zu retten! Die Gesetze von Dvaneth verbieten es unter allen Umständen, einem Gesperrten Planeten ein solches Wissen zur Verfügung zu stellen.«

»Sie bekommen die Formel sowieso, wenn sie die Überreste analysieren«, platzte Arran heraus. »Und dieser Polizist sagte, daß sie sie gerade von sich aus entdecken!«

Landon sah besorgt aus, denn Arran hatte völlig recht. »Wenn ich mit Vialmir Kontakt bekäme und die Genehmigung erhielte ...«

»Können Sie eigentlich nichts aus eigener Verantwortung tun?« fragte Arran mit einem Anflug von Verachtung.

»Nein«, antwortete Landon schließlich knapp.

Marcus musterte Reidel und Arran nachdenklich. »Wenn es sonst nichts mehr zu tun gibt, könnte ich den beiden helfen, sich mit der Stadt vertraut zu machen«, sagte er. Und dann, mit einem kurzen Seitenblick auf Arran, fügte er hinzu, was Landons mögliche Einwände von Grund auf unterdrücken sollte: »Oder wollen Sie sie nicht allein ausgehen lassen?«

Als er es so ausdrückte, konnte Landon nichts darauf erwidern. Seine Gäste waren alt genug, um auf sich selbst aufzupassen, und sie waren Gäste, keine Gefangenen. Er mußte Marcus' Worte für bare Münze nehmen oder Farbe bekennen.

Irgendwie war es eine Erleichterung, die drei jungen Männer gehen zu sehen.

14. Kapitel

Die Vorlesungshalle war zu dieser Stunde verlassen, ein leerer, grauer Raum mit Tischen, die von Hunderten von Bleistiften geistesabwesender Studenten verschmiert waren.

Ned Marcus kritzelte hastig Zahlen dahin und warf Arran einen Blick zu. Der Junge nahm den Bleistift und drehte das Blatt um, um schnell eine Zeichnung aufs Papier zu bringen. »Ich kenne Ihre Terminologie nicht. Aber man muß die ... die Spule mit der speziellen Dämpfungskomponente umhüllen, oder die Reaktion fällt einem auf die Hand zurück und lähmt sie ...«

Reidel runzelte die Stirn und schlug mit der Faust auf den Tisch. »Das gefällt mir nicht!«

»Was können wir sonst tun?« fragte Arran. »Clannon tastet wie ein blinder Wurm herum; er begreift einfach nicht, daß für seine Vorgehensweise keine Zeit bleibt. Ich kann einen Schocker entwerfen und bauen. Seine Regierung kann uns nicht als Verrückte abstempeln, wenn wir etwas vorzuweisen haben.«

»Die inneren Angelegenheiten dieses Planeten ...«

»Ein für allemal«, rief Arran, »wir befinden uns außerhalb der Gerichtsbarkeit von Dvaneth! Landon meint es gut, aber er ist auf eine hoffnungslos unwirksame Handlungsweise konditioniert, und es ist an der Zeit, daß ihn jemand wachrüttelt!«

»Ich habe einen Freund hier in der Fakultät«, fügte Marcus hinzu. »Es ist ein Chemie- und kein Elektronik-Labor, aber es erschien mir wegen der Atomgewichtstabelle günstiger.«

Arran erhob sich und musterte die Tabelle. »Die Symbole sind anders, und die Zeichnungen natürlich auch«, sagte er, »aber es ist das gleiche alte Periodensystem der

Elemente.« Er kam zurück, um die Werkzeuge zu überprüfen, die auf dem Versuchstisch aufgestapelt lagen.

»Bunsenbrenner, Klammern und Zangen, Draht. Kupferdraht reicht nicht aus, wenn wir einen Schocker mit tödlicher Aufladung konstruieren wollen. Wir könnten ein Demonstrationsmodell mit Kupfer zusammenschustern, aber wir sollten . . .« Er trat zur Karte zurück, fuhr mit dem Finger über die Atomgewichtsangaben der Metalle, und Marcus übersetzte die Begriffe, auf denen seine Fingerspitze verharrte.

»Iridium, Wolfram, Silber – es könnte Silberdrähte in der medizinischen Fakultät geben, man benutzt sie bei Operationen. Was noch?«

»Siliziumpulver oder -papier, Quarzkristalle und eine Vorrichtung, um sie zu spalten. Die bekommen wir nebenan.«

Reidel gab vor, schläfriger zu sein, als er war. Er legte die Arme auf den Tisch, bettete den Kopf darauf und hörte, wie ihre Schritte erstarben.

Er hob den Kopf und blickte sich um. Es würde sie nicht lange aufhalten, wenn er ihre Geräte zerstörte oder falsch einstellte; auf jeden Fall gehörten sie Marcus nicht, und er nahm nicht an, daß sich die Gesetze gegen Vandalismus von Planet zu Planet großartig unterschieden. Arrans Rißzeichnung des Schockers lag auf der Werkbank. Reidel nahm sie und musterte sie; er konnte sich nicht den geringsten Reim auf sie machen. Er zerknüllte sie, steckte sie in die Tasche und ging. Wenn er die beiden anderen richtig eingeschätzt hatte, würden sie seiner Abwesenheit nicht mehr Aufmerksamkeit schenken als seiner Anwesenheit.

Wie eine schwarze Gewitterwolke betrat er Landons Wohnung und drückte ihm das Blatt Papier in die Hand. Landon strich es glatt und stieß einen leisen Pfiff der Bestürzung aus.

»Und sie haben ihn auf tödliche Wirkung eingestellt! Die verdammten Narren!« Zornig zerknüllte er das Blatt.

»Wir müssen sie aufhalten!« Er ging durch den Raum, öffnete eine Schublade und holte eine automatische Pistole hervor. Er überprüfte sie und steckte sie in die Tasche.

»Sie erfahren besser vorab«, sagte er, während er ein paar Zeilen auf eine Karte kritzelte, »daß ich die beiden auch töten werde, bevor ich das zulasse. Bringen Sie das zu Steve Branzell, wenn ich selbst getötet oder verhaftet werde. Es erklärt, wie man den Augmentator benutzen muß. Finden Sie Mathis, wenn Sie können; wenn nicht, erzählen Sie Branzell, was Sie wissen, und lassen Sie ihn entscheiden.«

Er wandte sich zur Tür.

»Ich komme mit«, sagte Reidel grimmig. »Ich bin für Arran verantwortlich.«

Der Vorlesungsraum war nun verschlossen; kein Licht drang unter der geschlossenen Tür durch. Landon bückte sich und berührte das Schloß mit einem Finger; nach einer Minute hörte Reidel, wie das Schloß aufschnappte, und die Tür schwang auf. Landon atmete schwerer als üblich.

»Ich wußte nicht, ob ich es noch beherrsche. Aber sie sind fort. Sie haben nicht gehört, was sie vorhatten?«

»Nein.« Reidel fluchte. »Ich hätte bleiben sollen . . .«

»Nein, sobald Sie einmal Ihre Einwände vorgebracht hätten, hätten die beiden in Ihrer Anwesenheit nicht darüber gesprochen. Ich wette, Marcus ist hinter diesem Wechseldenken ein Telepath. Aber verschwinden wir von hier, bevor man uns wegen Einbruchs oder Hausfriedensbruchs festnimmt.«

Schweigend schritten sie über den verlassenen College-Campus. »Ich hätte Arrans Gedanken lesen sollen, als er mit mir zu streiten anfing«, murmelte Landon. »Ich würde Marcus gern unter den Augmentator bringen, aber das Risiko ist zu groß . . .«

»Clint . . .«, setzte Reidel an.

»Wenn Sie irgendwelche Fragen haben, Reidel, sparen

Sie sie sich. Ich habe im Augenblick selbst genug unbeantwortete Fragen. Aber wenn Sie irgendeine kluge Idee haben, dann verraten Sie sie mir, um Gottes willen!«

»Wohin genau gehen wir eigentlich?«

Landon blieb abrupt stehen. Er erreichte überhaupt nichts damit, indem er um Mitternacht mit einer geladenen Pistole in der Tasche durch Brooklyn wanderte.

»Da unten ist ein Automatenrestaurant. Besprechen wir es dort.«

Das Automatenrestaurant war die erste wirklich vertraute Einrichtung, die Reidel auf diesem Planeten sah. Sie zogen sich Kaffee und formlos aussehende Kuchenstücke und trugen sie zu einem Tisch.

Reidel schaute zweifelnd drein. »Können wir hier reden?«

»Wenn man über vertrauliche Geschäfte spricht, dann am besten an einem öffentlichen Ort. Je mehr Menschen, desto besser«, sagte Landon und führte damit die Regel Nummer eins für ein Leben in erfolgreicher Tarnung auf. Reidel stach mit der Gabel in seinen Kuchen, während Landon sich endlich zwang, sich mit der Möglichkeit vertraut zu machen, der er bislang ausgewichen war: daß Liz, oder Marcus, oder beide, mit den Rhu'inn zusammenarbeiteten. Er wollte es Reidel erklären, doch es führte zu nichts.

»Ich dachte, die Rhu'inn wären nichtmenschlich!«

»Ich meine, einen von ihnen als Parasiten zu tragen.«

»Aber warum? Man tut sich doch nicht einfach mit Nichtmenschen gegen die Menschheit zusammen.«

Landon starrte auf die Tischoberfläche und dachte darüber nach. Was konnte einen Menschen nur dazu bewegen, sich mit dem ältesten Feind der Menschheit zusammenzutun? Er sah, daß Reidel die Gabel umklammerte, bis seine Knöchel weiß hervortraten.

»Glauben Sie ... glauben Sie, *Arran* könnte ...«

»Zum Teufel, nein«, erwiderte Landon tonlos. »Wenigstens noch nicht. Ihr Freund Mathis hätte nicht Wochen, ja nicht einmal ein paar Stunden mit ihm unter dem gleichen Dach leben können, ohne daß einer von ihnen Verdacht geschöpft und den anderen getötet hätte.«

Reidel seufzte vor Erleichterung, und Landon fuhr nachdenklich fort. »Natürlich lassen sich die Rhu'inn nicht mit menschlichen Maßstäben messen. Marcus – falls es Marcus ist – wäre davon überzeugt, daß seine Motive rein altruistisch sind. Er ist ein leidenschaftlicher Patriot, wenn auch auf verdrehte Art. Vielleicht hat er sein ganzes Leben insgeheim gedacht, die Welt wäre besser dran, wenn sie von einer intelligenten Herrscherkaste übernommen würde. Seine Ausbildung war einseitig – technisch, ohne den kompensierenden Ausgleich der humanistischen Wissensgebiete.« Plötzlich wollte er nicht mehr darüber sprechen. »Los, gehen wir.«

Reidel hielt seine Fragen zurück, aber er war nicht überrascht, als sie an einer Tür klingelten und Liz Curran auf den Flur der kleinen Wohnung hinaustrat. Ihre Augen weiteten sich, als sie sie sah.

»Großer Gott, wissen Sie nicht, daß es schon nach Mitternacht ist? Kommen Sie herein, aber seien Sie leise. Die alten Glucken hier würden nur allzu gern darüber tratschen, daß ich zu dieser Stunde Herrenbesuch empfange. Was ist passiert?«

Sie schloß die Tür hinter ihnen. Ein dunkler, kleidsamer Bademantel war bis zu ihrem Hals hochgeschlagen, und ohne Lippenstift wirkte ihr Gesicht bleich und angespannt. »Ich ziehe mir eben etwas an, Clint, kochen Sie derweil Kaffee. Wenn Sie keinen brauchen – ich schon.«

»Ich muß etwas tun, das ich besser getan hätte, als diese Sache anfing«, sagte Landon. »Ich möchte, daß ihr beide euch einer grundlegenden telepathischen Untersuchung unterzieht. Reidel, Sie zuerst.«

Er hatte einen guten Grund dafür: Reidel war von Dvaneth her an solche Prozeduren gewöhnt; seine nüchterne

Einstellung würde Liz die Sache weniger bizarr erscheinen lassen.

»Jederzeit«, sagte Reidel, aber seine Knöchel traten hervor, und er klammerte sich an der Stuhllehne fest.

»Entspannen Sie sich«, sagte Landon laut, »es ist normal, an alles zu denken, was Sie gern verbergen würden, jeder denkt daran. Aber ich bin nicht an Ihrem Privatleben interessiert.« Dennoch glitt seine Hand in die Tasche mit der Pistole. Aber nach einem Augenblick legte sich der brausende Druck.

»Sauber. Liz?«

Davor schreckte er natürlich zurück. Er hatte Reidel nur ihretwegen untersucht, doch nun kamen nur noch Liz oder Marcus in Betracht, und es war nicht fair oder ungefährlich, davon auszugehen, Marcus sei derjenige. Liz war zusammengebrochen; und jeder größere telepathische Schock, eingeschlossen der Kontakt mit Rhu'inn, würde zu solch einer zeitlich befristeten Orientierungslosigkeit führen.

Liz Currans Gesicht zeigte keine Spur von Farbe mehr. »Nein«, flüsterte sie. »Ich bin keine . . . keine außerirdische Monstrosität, aber ich werde nicht . . .« Sie wandte sich um und stürzte schluchzend davon. Die Männer sahen einander an, Reidel in stummer Qual, Landon voller schmerzhaftem Argwohn und Elend.

Er griff nach der Pistole in der Tasche.

Dann tauchte Liz zitternd und mit verweinten Augen wieder auf. »In Ordnung, Clint. Danach verschwinden Sie verdammt noch mal aus meiner Wohnung und aus meinem Leben.«

»Liz, ich hasse es, Ihnen dies anzutun . . .«

»Das sagt sich so leicht, nicht wahr?« Ihre Schultern bebten mit der Gewalt ihres unterdrückten Schluchzens. Auch Reidel zitterte unter dem Rückprall transferierter Gefühle, bis Landon schließlich sein hageres Gesicht hob.

»Sie sind sauber, Liz. Es tut mir so leid.«

Die Lippen der Frau bewegten sich kaum. »Zufrieden?«

»Liz . . . oh, mein Schatz, mein Schatz . . .«

Sie schlug seine Arme nieder. »Ich bin nicht Ihr Schatz«, sagte sie, doch ihre Selbstbeherrschung wurde von einem heftigen Zittern erschüttert. »Sie . . . Sie können mir nicht auch noch das antun . . .«

Landon umklammerte sie. »Ich hatte niemals den Mut, es dir zu sagen«, krächzte er heiser. »Ich bin kein . . .« Seine Worte wurden zusammenhanglos. Sie schluchzte heftig auf, dann preßte sie ihr Gesicht an sein Hemd. Landon schob sanft die Hand unter ihr Kinn, hob ihr Gesicht und küßte sie.

Reidel erhob sich hilflos. »Ich gehe in die Küche und brühe den Kaffee auf«, sagte er. Aber die beiden bemerkten nicht, daß er ging. Um drei Uhr morgens klingelte das Telefon. Liz kuschelte sich, mittlerweile wieder sehr gefaßt, in Landons Armbeuge und griff nach dem Hörer. »Hallo?« sagte sie, und noch einmal erschrocken: »Hallo? Herrje, wissen Sie, wie spät es ist? Ja, allerdings, er und Reidel sind hier.« Dann bedeckte sie die Sprechmuschel mit der Hand.

»Es ist Branzell. Er sagt, er habe die ganze Nacht jede Stunde in Ihrem Büro angeklingelt und mich dann als letzten Ausweg angerufen. Er hat Mathis und die anderen gefunden; sie besteigen gerade ein Flugzeug nach New York . . .«

Landon riß ihr den Hörer aus der Hand.

»Steve? Sie haben sie gefunden? – Ja, ja, dafür haben wir keine Zeit mehr. Ist Sylvia bei Ihnen?« Reidel hörte verwirrte Geräusche aus dem Telefon, und Landon fluchte. »Mir ist es völlig egal, ob Sie das Flugzeug aufhalten müssen. Steve, das ist nicht die geeignete Zeit für Scherze! Leben oder Tod? Ich wünschte, es wäre halb so einfach wie Leben oder Tod! Holen Sie Sylvia an den Apparat, und zwar verdammt schnell!«

Liz sah ihn erschrocken an, denn Landon schrie, und sein

Gesicht war bleich und verstört. Aber nach einem Moment sprach er wieder ruhiger ins Telefon.

»Sylvia? Denken Sie genau nach, mein Kind. Sind Sie jemals imstande gewesen, die Gedanken Ihres Bruders zu lesen?«

Schweigen. Liz und Reidel tauschten verblüffte Blicke aus.

»Bis ... vor kurzem?« Landons Stimme schnappte über; er mußte tatsächlich zweimal zwischen den Wörtern einatmen. »Sylvia, hören Sie zu, wann ... ja, ich weiß, wir nennen es Wechselgedanken, aber wann fing es an?«

Langsam stahl sich Entsetzen auf sein Gesicht. »An dem Tag, als *ich* zum erstenmal mit ihm ins Haus kam? Ja, ich erinnere mich, er sagte: ›Nein, Schwester, laß das lieber ...‹« Er mußte innehalten und wieder durchatmen.

»In Ordnung, Sylvia, fahren Sie los und steigen Sie ins nächste Flugzeug. Aber was immer Sie auch tun – wenn Sie Ihren Bruder Ned am Flughafen treffen, halten Sie sich von ihm fern. Lassen Sie sich irgendeine Entschuldigung einfallen! Ich erkläre Ihnen alles, wenn Sie hier angekommen sind.« Er hängte ein, und Reidel sagte: »Er hat sie gefunden? Cleta gefunden?«

»Und alle anderen«, gab Landon mit einer Stimme zurück, die Reidel vor Grauen zurückschrecken ließ. »Aber es wäre mir beinahe lieber, er hätte sie nicht gefunden.«

Das Taxi schien durch die verstopften Straßen zu kriechen. Landon hielt Liz Currans Hand. Er teilte die kurze Zeit mit ihr, die ihm verblieb, bevor ihn die Ankunft der anderen wieder zwang, seinen Pflichten nachzugehen, und Reidel, der ihn beobachtete, verstand ihn sehr gut.

Für Landon waren die anderen Fremde. Landon war bereit, seine Pflicht zu tun, hatte sich sogar vorgenommen, sie zu mögen und als Freunde aus der Heimat willkommen zu heißen; aber sie waren Fremde, während zwischen ihm und Reidel trotz des anfänglichen Zögerns, sich eine Verpflichtung aufzuladen, schon ein unzertrennliches Band bestand.

Auf dem Flughafen herrschte Hochbetrieb, ein geordnetes Durcheinander, das Reidel mit nostalgischer Kraft an Dvaneth erinnerte. Männer in Uniform schritten weit ausholend auf und ab; Reidel sah Cleta in der Flugzeugtür, und seine Aufregung entflammte. Er wollte ihr laut zurufen. Linnit sah müde und verkühlt aus; das Baby war ein schlafendes Bündel in ihren Armen. Dionies Blicke suchten und fanden Reidel in der großen Menschenmenge; ein Fremder hatte seine Hand auf Mathis Schulter gelegt.

Reidel ging auf sie zu, als ein plötzlicher, schriller Schrei den Lärm der Menge durchschnitt und so etwas wie eine Panik auslöste. Dionie warf sich, noch immer schreiend, auf Mathis. Sie schlang ihre dünnen Arme um den Hals des Zwerges und riß ihn zu Boden.

Reidel kämpfte sich, fluchend und die Ellbogen einsetzend, durch die Menge. Irgendwie hatte er sich den Weg zu ihnen erzwungen, als Ned Marcus plötzlich hinter dem Gepäckschlepper hervorsprang. Er riß die Hand hoch; sie enthielt eine lange Röhre, aus der eine Blume aus orangenen Flammen erblühte. Sie verfehlte Mathis, der im Gewirr von Dionies Armen und Beinen gestürzt war, nur knapp, und Steve Branzell krümmte sich mit einem Schrei zusammen und stürzte die Stufen hinab. Es schien ganz langsam zu geschehen, doch in Sekundenschnelle hatte Marcus die Röhre zu einem weiteren Schuß gespannt, und Reidel, der sich über Branzells gekrümmten Körper beugte, sprang ihn an.

Er schlug den Lauf des Schockers hoch, und die orangefarbene Flamme verpuffte harmlos in der Luft. Sie prallten zusammen, und als er mit Marcus um den Schocker rang, fühlte er, wie Arrans Faust ihm in die Rippen fuhr.

Jemand ergriff ihn und trennte ihn von den beiden. Dann erhob sich eine barsche, befehlsgewohnte Stimme.

»Schluß damit! Meine Damen und Herren, bitte treten

Sie langsam zurück, damit niemand verletzt wird! Keiner bewegt sich!«

Ein seltsames Schweigen senkte sich über die zurücktretende Menge der Menschen, die den sich widersprechenden Befehlen nachzukommen versuchten. Landon sah, daß die befehlsgewohnte Stimme dem rundlichen FBI-Mann Platt gehörte; überall waren blaue Uniformen. Handschellen schlossen sich um Ned Marcus' Handgelenke; keuchend und ein wenig benommen ließ Arran zu, daß man ihn mit Ned Marcus zusammenkettete. Platt bückte sich nach dem zu Boden gefallenen Schocker, wirbelte dann herum und rief: »Schnappt ihn! Haltet ihn!«

Marcus hatte trotz der Handschellen einen Ausbruchsversuch unternommen und Arran mitgezerrt. Die Menge wogte zurück. »Haltet ihn auf! Schießt gezielt!« rief Platt.

»Nein! Tötet ihn nicht«, bellte Mathis, »nicht in einer solchen Menschenmenge, sonst müssen wir alle sterben! Begreifen Sie denn nicht, daß er Sie genau dazu verleiten will?«

Platt rief einen Befehl; die Pistolen verschwanden, und Marcus ging in einem Wirrwarr von blauen Uniformen unter; Arran zog er mit sich. Er kämpfte blindlings. Es bedurfte eines Dutzends Männer, ihn zu überwältigen, und einer gerufenen Bitte von Mathis, dessen Hysterie überhand zu nehmen drohte, Arran von Marcus' Handgelenk zu befreien.

Arran bereitete ihnen keine Schwierigkeiten mehr. Er stürzte zwischen den Polizisten auf die Knie. Schließlich überwältigte man auch Marcus; fast bewußtlos hing er zwischen seinen Häschern. Er hatte so wild gekämpft, daß man gezwungen worden war, Gewalt anzuwenden, und sein Gesicht war mit Prellungen und Abschürfungen gezeichnet. Sylvia schrie auf, als sie ihn sah, und selbst Landon wurde es angesichts der Prügel, die der Junge bezogen hatte, übel. Er mußte sich in Erinnerung rufen, daß Marcus nicht einfach ein zusammengeschlagener junger Mann war.

»Schwester«, murmelte Marcus zwischen geschwollenen Lippen.

Der FBI-Mann winkte sie heran. Sylvia lief ihm entgegen, blieb dann stehen, stolperte zurück, und ein Schrekkensschrei entrang sich ihrer Kehle. Mit rasender Wut warf sie sich auf Landon. »Oh, nehmen Sie es weg, nehmen Sie es weg«, schrie sie, »es ist nicht Ned, es ist nicht Ned, es ist nicht einmal ein Mensch, lassen Sie nicht zu, daß es mich bekommt, lassen Sie nicht zu . . .«

Die Polizei hatte das Flugfeld mittlerweile geräumt. Platt legte Landon eine Hand auf die Schulter.

»Wir haben genug Zeit verschwendet. Sie sind alle verhaftet.«

Wie um seine Worte zu unterstreichen, wurden Liz und Cleta höflich, aber bestimmt zu einem wartenden Polizeiwagen geführt, während eine stämmige Matrone in Polizeiuniform die hysterische Sylvia zu beruhigen versuchte und die Fahrer eines eilends herbeigerufenen Krankenwagens Steve Branzell auf eine Bahre legten.

»Wir sind alle verhaftet? Aus welchem Grund? Sie wollen doch nicht auch die Frauen und Kinder ins Gefängnis werfen, oder?«

»Suchen Sie sich einen Grund aus. Angriff mit einer tödlichen Waffe. Unerwünschte illegale Einreise. Ruhestörung, wenn sonst nichts hinhaut. Und wir bringen keinen von Ihnen ins Gefängnis«, sagte Platt. »Sie alle, Landon – oder Clannon, wenn Sie das vorziehen –, werden den Fluß hinauf nach Albany gebracht. Und wenn Sie Ihre Raumschiffgeschichte noch einmal erzählen wollen, werden wir diesmal versuchen, den Amtsschimmel etwas fester im Zaum zu halten.«

15. Kapitel

Spät am nächsten Tag stand Landon in einem langgezogenen Raum voller unbekannter Gesichter und stellte zögernd den Mechanismus des Augmentators ein. Seine Handflächen waren feucht, und er fragte sich halb im Ernst, ob er die Meßskala eine halbe Stufe höher justieren sollte, um die siedenden Ängste und Spannungen zu kompensieren, die eine fast hörbare Schwingung im Raum darstellten.

Durch das Fenster konnte er vor den niedrigen Hügeln der Helderberge die Baracken des Women's Army Corps sehen, in denen man die Frauen vor neugierigen Blicken verborgen hielt. Bislang war kaum etwas an die Presse durchgesickert. Der Aufruhr am Flughafen war auf eine Nachricht auf den hinteren Seiten zusammengestutzt worden. Die Army wollte keine phantastischen Gerüchte über außerirdische Waffen oder Invasoren – und niemand sonst wußte, daß sich Steve Branzell teilweise gelähmt, aber lebendig im Krankenhaus dieses Stützpunktes erholte.

Ned Marcus – und für den Moment auch Arran – waren in Sicherheitszellen untergebracht. Mathis hatte Arran nach einer gründlichen Überprüfung als sauber bezeichnet, aber es waren nicht alle davon überzeugt.

»Verstehen Sie nicht«, sagte Mathis irgendwo hinter Landon. »Solange Marcus lebt, ist er – soweit wir wissen – ihre einzige körperliche Verlängerung in diese Dimension. Wenn wir ihn isolieren, aber am Leben lassen, gibt es kaum eine Möglichkeit zum Transfer. Sollte er jedoch getötet werden, bevor wir das Negationsfeld errichtet haben, könnte er zu einem Gastkörper überwechseln, den wir vielleicht nicht identifizieren können, und sein ganzes Streben darauf ausrichten, uns daran zu hindern, das Feld zu vollenden.«

»Ich würde gern wissen«, sagte ein Uniformierter, »woher Marcus diesen ... Parasiten hat.«

»Von Kester, glaube ich«, entgegnete Mathis langsam. »Wir fanden ihn bewußtlos im Hangar der Rettungsboote. Die schlimmste Gefahr des interstellaren Raumfluges liegt darin, daß der Wechsel vom Überraum zum Normalraum durch das Kontinuum erfolgt, das wir die Rhu'inn-Dimension nennen.«

»Und Marcus hat Kesters Leiche gefunden«, sagte Landon, ohne sich umzuwenden.

»Aber warum Marcus?« fragte Reidel. »Warum nicht einer von uns?«

»Da kann ich nur mit einer Theorie dienen«, sagte Mathis. »Aber vielleicht hatte meine Anwesenheit etwas damit zu tun, obwohl ich krank, benommen und gar nicht auf dem Posten war. Vielleicht ... hat der Rhu'inn es nicht gewagt, in meinem Beisein auf einen anderen Gastkörper zu wechseln. Wir werden es wohl niemals erfahren.«

Aber Reidel erinnerte sich mit bleichem Gesicht an den Moment, an dem er schreckenerfüllt, erstarrt und taub neben Kesters Leiche gestanden hatte. *Wenn ich es nur gewußt hätte ...*

Landon bat um Ruhe, denn das Bildfeld des Augmentators klärte sich, und ein Gesicht, vom Wetter gegerbt und gebräunt, sah unter einer seltsamen Kappe vom Schirm herab.

– Clannon, sind Sie es?

Landon fühlte, wie eine große Besorgnis von ihm abfiel. *»Benutzen Sie die Stimmbänder, Vialmir.«* Er schaltete eine Hilfsfunktion ein, die die Lautübertragung besorgen würde. Vialmir hatte, wie auch Landon und Mathis – denn Landon hatte den Augmentatorstrahl dahingehend eingestellt, daß er ihn und auch Cleta erfaßte –, keinerlei Schwierigkeiten, sich in jeder Sprache auszudrücken, die ihnen geläufig war.

Landon wandte sich zu einem Mann mittleren Alters mit

Sternen an den Schultern um. »Wollen Sie mit Vialmir sprechen, General? Sie müssen nicht unbedingt laut sprechen; es wäre jedoch besser. Sie sind kein Telepath, und es hilft Ihnen, Ihre Gedanken zu fokussieren.«

Zögernd, fast argwöhnisch trat der General in das Augmentatorfeld, und Vialmir sagte vom Bildschirm herab in einem klar verständlichen Englisch, das den Akzent des Generals nachahmte: »Sie haben das Werkzeug der Rhu'inn gefangengenommen? Und Sie wollen das neue Gerät, den Negationsgenerator, installieren?«

»Wenn es uns möglich ist, ja.«

»Dann sollten Sie etwas wissen«, sagte Vialmir. »Sie haben mich nicht erreichen können, Clannon, da ich sofort nach der Berührung mit den Rhu'inn in eine telepathische Trance verfiel, um über das Notrelais mit der Galaktischen Zentrale Kontakt aufzunehmen. Ich habe Anweisungen für Sie, Clannon. Es befindet sich ein Schiff im Sektor, die *Verwandlung* von Vialles, und es bekam die Genehmigung, vom Kurs abzuweichen, da ...«

Landon unterbrach ihn mit einem wortlosen Befehl, der unter der Wahrnehmungsschwelle der anderen lag.

– Nein, erzählen Sie Ihnen das nicht!

Welchen Sinn würde es haben, ihnen zu verraten, daß man die Erde auf die Liste der Verbotenen Sterne setzen würde, falls sie das Negationsfeld nicht errichten konnten? Eine gemiedene, ständig unter Bewachung stehende Welt – selbst dem Beobachter würde es dann nicht mehr gestattet sein, mit der Föderation zu kommunizieren. Welchen Sinn hätte es, ihnen zu sagen, daß in diesem Fall jedes Raumschiff, das die Erde verließ, vernichtet werden würde und die Menschheit nicht einmal zu ihrem eigenen Mond vorstoßen durfte?

»Natürlich dürfte die *Verwandlung* normalerweise nicht auf einem Gesperrten Planeten landen«, sagte Vialmir. »Sie würde nie wieder starten dürfen. Aber wenn das Negationsfeld rechtzeitig errichtet werden kann, bekommt das Schiff die Genehmigung zur Notlandung. Möchten Sie mit dem Kommandanten sprechen? Ich kann einen Funkkontakt herstellen.«

Landon verspürte eine gelinde Überraschung. Es war natürlich kein Zufall; obwohl die Erde gesperrt war, lag sie an den regulären Handelsrouten und war früher sogar ein regulärer Knotenpunkt der Raumlinien gewesen. Nicht zuletzt aus diesen Gründen mußte verhindert werden, daß sie auf den Status eines Verbotenen Sterns zurückfiel! Wenn dieses Sonnensystem völlig isoliert wurde, mußte man neue, kostspielige Computerauswertungen über alle Sternenrouten in diesem Sektor erstellen.

»Der Kommandant ist vielleicht kein Telepath«, fügte er erklärend hinzu, »und deshalb spricht er mit Worten statt telepathisch zu Ihnen . . .«

»Vialles ist meine Heimatwelt«, sagte Cleta heiser. »Lassen Sie mich übersetzen.«

Allmählich veränderte sich das Bild auf dem Augmentator. Vialmirs Gesichtszüge blieben als dünnes, verschwommenes Muster bestehen, doch über und zwischen ihnen nahm ein anderes Bild Gestalt an. Eine Kabine, die mit Maschinen gefüllt war, die den General sich vorbeugen und tief Luft holen ließen. Vialmir übertrug mittels einer hochentwickelten kinetischen Telepathie ein Bild und eine Stimme, die es mit seinem viel komplizierteren Zwischenraumempfänger im Himalaja-Gebirge aufnahm.

Als Cleta in die geistige Verbindung eindrang, traten der Randraum der *Verwandlung* und das Gesicht eines älteren Mannes mit strengen, scharfen Zügen und einer Adlernase scharf in den Brennpunkt.

– Kommandant Rivan. Wer kommuniziert?

Cleta sagte schnell ein paar Worte in ihrer Sprache, und Landon, der der geistigen Verbindung nicht so konzentriert wie die anderen beiwohnen mußte, übersetzte das über drei Relais kommende Gespräch. Cleta identifizierte die *Nordwind* von Dvaneth, benannte und identifizierte die sieben Überlebenden und beendete schließlich den Kontakt mit der Frage: »Wie schnell kann der Negationsfeldgenerator errichtet werden?«

Sie besprachen das Problem in aller Eile. »In etwa drei Tagen dieser Planetenzeit«, sagte Mathis schließlich, und Cleta rechnete die Angabe in Sterneneinheiten um. Das Bild flackerte, wurde unscharf und wieder scharf, und schließlich sagte Kommandant Rivan: »Die *Verwandlung* ist bereits hinter dem Plan zurück. Aber angesichts der bevorstehenden Veränderung im Status dieses Gesperrten Planeten auf die eine oder andere Weise ...« Wieder folgte eine Pause, bei der das Bild heller und dann dunkler wurde. »*Falls* das Feld erzeugt werden kann, werden wir uns in das Magnetfeld des Planeten begeben und ein kleines Beiboot landen ....« Er sprach eine Minute mit jemandem, der nicht im Blickfeld war, und fügte schließlich hinzu: »Vorausgesetzt natürlich, daß die örtlichen Behörden einen angemessenen abgesicherten Landeplatz garantieren werden.« Cleta übersetzte.

»Ja, natürlich«, sagte der General schnell. »Alles, was sie verlangen.«

»Ich versuche, die Behörden zu bewegen«, fuhr Rivan fort, »einen oder zwei Freiwillige auf der Erde zurückzulassen, bis eine offizielle Kontaktmannschaft eintrifft und den Planeten öffnet. Und wir können die Überlebenden der *Nordwind* aufnehmen, wenn sie bereit sind, auf Vialles zu landen.«

Cletas Augen füllten sich mit Tränen. *Endlich nach Hause!* Während sie die Details der Landevereinbarung übersetzte, beobachtete Reidel sie, und sein Herz erstarrte zu Eis. Nach Hause – angesichts dieser Entwicklung waren all seine Träume bedeutungslos geworden. Denn was ihn betraf, so würde er wieder nach Dvaneth gehen, dann wieder in den Weltraum aufbrechen, und eines Tages, wenn er alt war, würde vielleicht jemand fragen, was er damals erlebt hatte, als er auf einem Gesperrten Planten verschollen

gewesen war. Und dann würde alles nur noch eine Abenteuergeschichte und Cleta nur noch eine Erinnerung sein.
Er wartete nicht ab, bis die Konferenz beendet war.

An diesem Abend traten Landon und Mathis in geistige Verbindung miteinander, um die technischen Daten des Negationsfeldes in adäquate irdische Begriffe zu übertragen und sie in eine brauchbare Rißzeichnung umzusetzen. Als sie anfingen, war nur der General anwesend, doch schon nach ein paar Stunden erinnerte der Ort an ein Filialbüro von General Electric, mit Diagrammen, Stromschaltkreisen, abgelehnten Komponenten und einer Menge Energie-, Kommunikations- und Elektronikexperten.

Einige Gegenstände waren identisch und konnten ersatzweise verwendet werden. Eine Vakuumröhre ist eine Vakuumröhre, und ein Elektronenstrom ist ein Elektronenstrom, und es spielt keine Rolle, wie man ihn mißt oder überträgt. Einige Teile konnten aus bereits vorhandenen improvisiert werden. Andere waren so fremd, daß die Spezialisten den Kopf schüttelten oder, schlimmer noch, höhnisch lachten.

»Wenn Sie es schon nicht verstehen, wie, zum Teufel, sollen wir es dann begreifen?« fragte einer der jungen Armeeangehörigen, was verständlich war.

Der General deutete auf den Augmentator. »Ich verstehe dieses Dingsda zwar nicht, aber ich habe gesehen, wie es funktioniert. Ich verstehe das andere auch nicht, Mr. Briney, aber ich werde sehen, wie es gebaut wird. Und Sie werden es bauen, mein Herr.«

Am Ende sah ihre Beschaffungsliste aus wie der dreibändige Katalog eines Elektronik-Großhandels. Landon stand mit dem General auf den Stufen und sah zu, wie der junge Briney mit ihm davonfuhr.

»Die ganze Sache hört sich einfach albern an, Landon. Wird dieser Raumschiffkommandant wirklich auf der Erde landen?«

»Auf jeden Fall, wenn wir dieses Feld in der von ihm geforderten Zeit fertigstellen.«

»Ich verstehe nur nicht«, sagte der General gereizt, »warum er uns ein Zeitlimit setzt.«

»Schon in ein paar Tagen haben sich die Planetenpositionen an seinem Zielort so sehr verschoben, daß er eine Menge Treibstoff verschwenden wird. Eine Verzögerung von einem Monat würde seinen Kurs so durcheinanderbringen, daß eine echte Kollisionsgefahr mit einem Planeten oder Stern besteht. Sein Kurs müßte vom Computer neu bestimmt werden, ein Vorgang, der enorm viel Zeit und Geld kostet. Und er steht nicht in den Diensten der Föderation, cr ist einfach ein Geschäftsmann, ein Händler. Er könnte bei der Versicherung einen Antrag auf Schadenersatz stellen, aber die Föderation ist eine Bürokratie wie jede andere auch, nur größer. Der Amtsschimmel würde jahrelang wiehern, bevor er sein Geld bekommt, wenn überhaupt.«

»Gott behüte!« Der General zog die Brauen hoch. »Bürokratie! Geschäftsreisen zwischen den Sternen!«

Schließlich kam er zu weltlicheren Dingen zurück. »An den Toren stehen die Anwälte schon Schlange mit Gerichtserlassen wegen des Marcus-Burschen. Wir können einen Zivilisten nicht unbeschränkt gefangenhalten – und wie, zum Teufel, soll die Anklage gegen ihn lauten?«

Landon fluchte. »Sie könnten ihn doch festhalten, wenn er eine ansteckende Krankheit hätte, oder? Bleiben Sie hart – selbst wenn Sie erklären müssen, er sei verstorben.« Er überlegte, daß er damit die Tatsachen nur ein wenig vorwegnehmen würde. Der Gastkörper eines Rhu'inn starb, wenn der Rhu'inn sich zurückzog. Das Negationsfeld war Marcus' Todesurteil. Aber andererseits war schon lange das Todesurteil über ihn gesprochen worden.

Landon war zu müde, um zu schlafen. Mathis stand unter Beruhigungsmitteln und schlief im Krankenhaus des Stützpunktes. In einem anderen Raum fand er Steve Branzell halb angekleidet auf dem Bettrand sitzen. Landon fand keine tröstenden Worte für ihn. Wenn ein auf tödliche Wirkung eingestellter Schocker ein lebenswichtiges Organ verfehlte, konnte er auf Dauer lähmen.

»Steve, ich bin zu müde, um mich schlafen zu legen. Ich gehe rüber und spreche mit den anderen. Wollen Sie nicht mitkommen?«

Als Branzell und Landon den ordentlichen, sauberen Raum betraten, waren die Frauen gerade mit dem Frühstück fertig. Cleta erhob sich und kam ihnen steif entgegen. »Wir hatten noch keine Gelegenheit, Ihnen für alles zu danken, was Sie getan haben, Beobachter . . .«

»Landon«, korrigierte er sie sanft. »Schon in Ordnung, das ist meine Aufgabe. Es tut mir leid, daß Sie wie Gefangene behandelt werden müssen, aber es geschieht zu Ihrem eigenen Schutz.«

Linnit kicherte. »Ich weiß. Sogar die weiblichen Soldaten starren uns an und bemühen sich krampfhaft, uns keine Fragen zu stellen!«

»Ich komme mir genauso vor«, sagte Branzell mit seinem warmen Lachen. »Sind sie nicht wunderbar, Landon? Mann, es sind noch Kinder, kaum ihren Windeln entwachsen, und sie haben schon die Galaxis durchquert!«

Dionie legte eine leichte Hand auf Landons Arm. »Kehren Reidel und Arran mit der *Verwandlung* zurück?«

Es wäre Landon niemals in den Sinn gekommen, daß sie nicht zurückkehren würden. Genauso hatte er noch nie daran gedacht, daß auch er nach Hause gehen konnte, wenn er wollte. Niemand, der einen Gesperrten Planeten betreten hatte, konnte zurückkehren, um eine Galaxis anzustecken, die stets wachsam auf Übergriffe der Rhu'inn achtete. Aber wenn man die Erde öffnete und das Negationsfeld den Planeten so sauber wie eine Föderationswelt waschen würde, konnte auch er aus dem Exil zurückkehren, das er als ein ewiges akzeptiert hatte!

»Können wir Arran und Reidel sehen?« fragte Linnit.

»Es tut mir leid. Arran im Augenblick nicht. Reidel . . .«

»Reidel könnte kommen, wenn er wollte«, warf Cleta ein. »Anscheinend ist er jetzt, da wir in Sicherheit sind, zu dem Schluß gekommen, daß wir nicht mehr sein Problem sind!«

Landon war verblüfft; er erinnerte sich daran, wie Reidel sich gesorgt hatte, bevor man Cleta gefunden hatte.

Plötzlich überwältigte ihn die Ermüdung. Liz erkannte es an seinem Gesicht. Sie kam zu ihm, während Branzell mit den Frauen sprach.

»Ruh dich aus, solange du noch Gelegenheit dazu hast, Clint«, bat sie, und Landon zog sie an sich und küßte sie mit hungriger Gewalt.

»Es wird bald vorüber sein, Schatz. So oder so.«

»Ich habe Angst, Clint«, flüsterte sie. »Mir wird schwindlig, wenn ich an all das denke. Ich muß mich einfach daran erinnern, daß ich . . . daß ich dich liebe, und alles andere vergessen.«

Es war nicht die richtige Zeit für den Vorschlag, die Erde zu verlassen. Er schlenderte davon; auf einmal wurde er sich bewußt, daß die Gruppe nicht vollzählig war. »Wo ist Sylvia?« fragte er, und als niemand antwortete, setzte er grob hinzu: »Jemand soll sie gefälligst suchen. Wir bewachen euch Mädchen nicht aus Spaß an der Freud! Sylvia ist die Verletzlichste. Es würde mir nicht gefallen, sie einsperren zu müssen . . .«

»Das wird nicht nötig sein«, sagte Dionie, ohne sich zu bewegen. Cleta hob leicht den Kopf, und als Landon lauschte, hörte er Sylvia, die jämmerlich schluchzte. Er begegnete Branzells vorwurfsvollem Blick mit einem stummen Kopfschütteln; er war sich bewußt, daß sie litt, und er konnte nichts daran ändern. Auch Branzells Zuversicht war plötzlich gedämpft. Sie hatten Marcus verloren – an etwas, das schlimmer war als der Tod.

Aber für Sylvia war es am schlimmsten. Sie hatte nicht die Ausbildung genossen, die das Leben für jemanden wie

Dionie erst erträglich machte. Die Situation wäre für jede hingebungsvolle Schwester schrecklich gewesen. Für eine überempfindliche Empathin war sie die reine Hölle.

Dionie folgte Landon, als er ging, und er blieb auf der Treppe stehen. Sie sah jetzt nicht mehr wie ein Kind aus. Er schätzte, daß sie nach irdischen Maßstäben etwa fünfzehn Jahre alt war, aber in den letzten paar Tagen hatte sie ihre Kindlichkeit völlig verloren.

»Muß ich nach Dvaneth zurückkehren, Mr. Landon?«

»Ich habe nicht die Befugnisse, dich zu zwingen«, sagte er ernst.

»Niemand würde mich dort vermissen, und es gibt nichts, was ich hier nicht haben könnte, und . . . oh«, bat sie, »Sie wissen es doch, oder?«

Landon nickte. Er wußte es. Ein geistiges Dreieck, das aus zwei Telepathen und einer Empathin bestand, war für niemanden angenehm. Er fragte sich, warum Reidel nicht nach Aldebaran V ging, wo er sie beide haben konnte, und unterdrückte diesen Gedanken schnell, froh, daß Dionie eine Empathin und keine Telepathin war.

»Dionie, du kannst mir einen Gefallen tun«, sagte er. »Sylvia hat deine Ausbildung nicht gehabt. Hilf ihr einfach über die nächsten paar Tage hinweg. Wie sich die Dinge auch entwickeln werden, es wird sehr schwer für sie.«

Er berührte die weißen, seidigen Locken mit den Fingern und ging dann, ohne auf Antwort zu warten. Er hatte gesehen, daß das Ausmaß an Elend in Dionies großen, viel zu weisen Augen schon geringer geworden war.

16. Kapitel

Er schlief und erwachte wieder, und das Wissen um die Dringlichkeit des Termins trieb ihn in den Konferenzraum zurück. Das Durcheinander aus komplizierten Einzelteilen und Anweisungen mußte irgendwie zu einem Gerät geordnet werden, das einen Planeten schützen konnte. Es mußte nicht perfekt sein. Es mußte nur funktionieren und eine Weile durchhalten. Auf der *Verwandlung* würde es Spezialisten geben, die dafür sorgen würden, daß das Gerät auf Dauer arbeitete. Aber wenn sie es nicht eine Zeitlang in Betrieb hatten, konnte Rivan nicht einmal landen.

»Wenn wir dieses Ding bauen wollen«, sagte Landon, »überprüfen und verzeichnen wir lieber all dieses Zeug.« Er griff sich eine Liste und fing an.

Der Abend kam; Mitternacht. Morgen. Die Einzelteile hatten sich irgendwie in ordentliche Arbeitseinheiten gefügt. Landon suchte jedes Einzelteil heraus, Briney testete es, um sicherzugehen, daß es seinen Zweck erfüllen würde, und Mathis überprüfte das Ergebnis anhand seiner geistigen Rißzeichnung. Es gab allerdings sehr viele Ablehnungen.

Einmal berührte seine vor Müdigkeit zitternde Hand ein unverkleidetes Kabel, und Landon wurde durch den halben Raum geschleudert. Danach ordnete er eine Pause an und ließ alle Anwesenden Nahrung, Kaffee und Benzedrintabletten zu sich nehmen. Landon und Reidel stolperten hinaus und setzten sich auf die Treppe, um ihren Kaffee zu trinken. Die Sonne ging gerade auf, und auf dem Erdboden lag Frost.

»Glauben Sie, daß wir es schaffen?«

»Ich weiß es nicht.« Landon ließ die Schultern hängen. »Wenn Briney nur nicht so verdammt hochmütig wäre! Wenn ich nur mehr über dieses Resonatorfeld wüßte!

Wenn sie nur Kondensatoren hätten, die diese Wechselpulsvibrationen verkraften würden!«

»Ich bin keine große Hilfe«, sagte Reidel. »Wenn ich Arran wäre . . . Er hat im Randraum eines Raumschiffes gearbeitet. Wenn einer etwas davon versteht, dann er.«

Landon kehrte in den Konferenzraum zurück, als warte dort das Fegefeuer auf ihn, und Briney hielt mit seiner Betrachtung zweier nahezu identischer Kondensatoren inne. »Wir schaffen es nicht in achtundvierzig Stunden, Landon. Sie verlangen unmögliche Spannungsstärken, wenn Sie nicht gerade ein ganzes Hochspannungssystem hier einbauen!«

Landon reckte sich und fluchte. »Schicken Sie Arran hierher!«

»Sie können alle Männer haben, die Sie wollen«, wandte der General ein, »alle Materialien, alle Nachschlagewerke . . .«

»Verdammt, wir haben schon zu viele davon! Mathis hat keine technische Ausbildung, und meine war abgeschlossen, bevor das Negationsfeld entwickelt wurde. Arran ist im Randraum eines Raumschiffes ausgebildet worden, und wenn er diese Dinge nicht versteht, wird sie keiner begreifen, und wir können genausogut aufgeben. Wir haben keine Wahl! Wir *brauchen* ihn!«

Am Ende führte ein furchtsamer GI Reidel durch einen Stahlkorridor und schloß eine Tür auf. Arran blickte verbittert von einem unbequemen Metallbett auf.

»Sperren sie dich auch ein?«

»Nein, ich bin gekommen, um dich herauszuholen. Landon braucht deine Hilfe.«

»Er kann meinetwegen zur Hölle fahren!«

»Ohne dich wird er es auch. Was weißt du vom Negationsfeld?«

Arran keuchte auf, als hätte man ihm die Luft aus den Lungen gepreßt, und Reidel fiel plötzlich ein, daß er überhaupt nichts wußte, nicht einmal etwas von der Gefahr, die

Marcus darstellte. Man hatte ihm nichts gesagt, ihn einfach eingesperrt. Er erklärte ihm schnell alles in ihrer Sprache, und Arran sah ganz elend drein.

»Auf Raumschiffen hat man keine Negationsfelder, sie funktionieren nur im Magnetfeld eines Planeten. Ich habe von ihnen gehört, weiß aber auch nichts Genaues. Zum Glück! Wo ich so lange mit Marcus zusammen war . . .« Sein Gesicht war so weiß, daß Reidel dachte, er würde zusammenbrechen. Er stützte den Jungen mit dem Arm.

»Ich bin in Ordnung. Es ist nur . . . Ist er sicher eingesperrt?«

Reidel versicherte es ihm, und Arran entspannte sich ein wenig. »Deshalb dürfen natürlich nur Telempathen die Einzelheiten wissen – außer man arbeitet persönlich an den Geräten. Aber wenn man hier ein Negationsfeld errichtet, heißt das, daß der Planet nicht mehr gesperrt ist, daß er . . .« Er hielt inne.

»Früher, als du glaubst, Arran. Es ist ein Schiff im Orbit, und wenn wir das Feld errichten können, wird es landen und alle an Bord nehmen, die nach Hause wollen.«

Arran schluckte. »Das nenne ich einen Anreiz!«

Landons Überzeugung hatte ihn nicht getrogen. Obwohl Arran nicht mit dem Negationsfeldgenerator vertraut war, kannte er sich mit den Resonatoren aus, die sie vor solche Probleme gestellt hatten, und auch mit anderen Geräten, die erst nach Abschluß von Reidels Ausbildung entwickelt worden waren.

Aber es war immer noch eine herzzerreißende Aufgabe, ein Rennen gegen die wachsende Überzeugung, daß das Gerät niemals vollendet werden würde.

Erneut kam der Abend und die Nacht, und Landon ordnete eine Pause an, als Mathis eine komplizierte Röhre fallen ließ – die einzige dieser Art im ganzen Staat –, und nur ein Wunder verhinderte, daß sie beim Aufschlag nicht zerbrach.

Er ging wieder auf die Treppe hinaus und ließ sich den

Nachtwind ins Gesicht wehen; er zwang sich eine weitere Benzedrintablette und eine Tasse schwarzen Kaffees hinein. »Glauben Sie, daß wir es schaffen?« fragte Arran hinter ihm.

»Zum Teufel mit der Frist.« Landon hätte sich gern zu einem Nickerchen ausgestreckt, aber er wußte, daß er eine Woche lang schlafen würde, sollte er die Augen schließen. »Wenn Rivan nicht warten will, soll er doch verschwinden.«

»Nein!« In Arrans Stimme schwang Heftigkeit mit. »Welchen Sinn hat es, wenn das Schiff nicht landen kann?«

Landon fluchte. »Wenn der Planet offen ist, wird es andere Schiffe geben. Wenn er geschlossen bleibt, kommen Sie niemals nach Hause.«

Mathis' Schritte waren so leise, daß keiner der beiden Männer gehört hatte, daß er auf die Veranda hinausgetreten war. »Falls die *Verwandlung* nicht landen kann, wirst du hier leben müssen, also sei nicht so launisch. Wichtig ist nur, das Feld zu errichten, bevor Marcus etwas unternimmt, um uns aufzuhalten. Gehen wir wieder hinein. Wir verkabeln alles und hoffen das Beste.«

Der Morgen erhellte sich zum Mittag. Dann drehte Landon ohne ein besonderes Glücksgefühl die letzte Schraube fest und trat zurück. Die behelfsmäßige Konstruktion bedeckte die ganze Wand.

»... glaube, das war es.«

»Das verdammteste Durcheinander, das ich je gesehen habe.« Briney schlief beinahe im Stehen. »Wird nie einen Preis für Formschönheit gewinnen, soviel ist sicher.«

Sie musterten, die Augen trüb vor Erschöpfung, das wahnwitzige Gewirr aus Drähten, Meßinstrumenten, Knöpfen und Notbehelfen, die in der irdischen Wissenschaft keine Namen oder vergleichbaren Funktionen hatten. »Wird es *funktionieren?*« fragte Arran und gähnte, daß sich sein Gesicht verzog.

Mathis seufzte. »Die Energiequellen funktionieren alle, aber ich muß einen letzten Test mit den Telepathiebändern machen.«

»Sie ruhen sich lieber erst aus.«

»Später. Ich könnte mich sowieso nicht entspannen. Haben wir die Frist eingehalten?«

Landon sah auf die Uhr. Sie hatte die Macht, ihn zu quälen, verloren. Nun war sie wieder nur eine Uhr. Er rieb sich die Augen, um sicherzugehen, daß sie ihn nicht trogen, und sah erneut hin.

»Wir sind vier Stunden vor der Zeit.«

Mathis stand vor ihm, geistesabwesend und konzentriert. »Legen Sie nacheinander die einzelnen Hebel um, aber schalten Sie das Hauptfeld nicht ein, bis ich jeden Schaltkreis einzeln auf die kompensierenden Resonanzen der Telepathiefrequenzen justiert habe, oder die sonaren Erregerstromkreise werden das ganze Ding in die Luft jagen, und wir müssen von vorn anfangen.«

»Sagen Sie doch *so etwas* nicht«, ächzte Briney.

Jetzt war die Arbeit wirklich nervenzerfetzend. Jeder Bereich summte kurz mit einer kreischenden Vibration auf. Unterschalltöne ließen sie aus unerfindlichem Schmerz ächzen. Landon unterlief ein kleiner Schnitzer, und der Telempath, der nun unter doppelter Anspannung stand – die körperliche Erschöpfung und die qualvolle telepathische Aufgabe, die er bewältigen mußte –, schrie ihn an. »Verdammt, raus hier, verschwindet!« Sein gequältes Gesicht war weiß. »Wie kann ich das Gerät einstellen, wenn ihr mich alle anschreit?«

»Ich habe kein Wort gesagt«, protestierte Briney unklugerweise, und Mathis fuhr ihn wutentbrannt an: »Sie sind ein kopfblinder Schwachsinniger, der nicht einmal weiß, daß er seine eigene Unkenntnis zur Schau stellt! Raus hier! Raus hier! Ich kann eure Dummheit allein nicht ausgleichen! Verschwindet und laßt mich allein!« Mathis schrie jetzt, und sein kleiner, gekrümmter Körper zuckte. Sein

Gesicht war verzerrt und totenbleich. Briney wich schreckerfüllt zurück. Landon drehte sich um und schob die anderen vor sich her. »Nein, er ist nicht verrückt«, sagte er im Korridor zu Briney. »Sie können sich nicht vorstellen, unter welcher Anspannung er steht.«

»Doch, ich glaube, ein wenig kann ich es mir vorstellen. Gegen Ende konnte ich euch alle denken hören.« So müde er auch war, war Briney doch Wissenschaftler genug, um Landon mit verwundertem Argwohn anzusehen.

Landon legte ihm eine Hand auf die Schulter. »Ich habe miterlebt, wie ein Chirurgenteam rudimentäre Telepathie einsetzte, ohne es zu wissen. Alle guten Teamarbeiter tun das. Sie sind ein verdammt guter latenter Telepath, junger Mann, und wenn diese Sache funktioniert, werden Sie eine anständige Ausbildung bekommen.« Er schob Briney sanft voran. »Und jetzt ab in die Falle, wir sind fertig.«

Arran kam fluchend herangewankt. »Wenn mir jemand gesagt hätte, daß man in drei Tagen einen Negationsfeld-Generator bauen kann, hätte ich ihn einen notorischen Lügner genannt. Verdammt, mir gefällt es nicht, den alten Mathis allein weitermachen zu lassen, er schläft ja bald ein. Ich gehe zurück . . .«

Reidel fuhr aus seiner schlafwandlerischen Benommenheit. »Ich werde gehen.«

»Wenn du mir nicht vertraust . . .«, setzte Arran wütend an.

Landon wußte, es war an der Zeit, Vertrauen in Arran zu setzen oder ihn für immer zu verlieren. Gerade jetzt war er wieder einer von ihnen. »Du gehst, Arran. Mathis würde mich oder Reidel erwürgen. Gegen dich hat er im Augenblick nichts.«

Arran kehrte um, sah Mathis, zögerte. Mathis hatte gesagt, er wolle allein sein. Er hatte sie hinausgeworfen. Warum sollte er eine Zurückweisung riskieren?

Beinahe hätte er sich umgedreht.

Da . . .

Niemand sollte je erfahren, wie es sich ereignet hatte. Eine Wache würde vors Kriegsgericht gestellt werden und etwas von Hypnose murmeln, aber das erklärte nicht, wie menschliches Fleisch und Blut stählerne Gitter überwinden konnte. Arran sah nur die schwere Armeepistole, die auf den gekrümmten, nichtsahnenden Rücken des Telempathen gerichtet war. Benommen vor Müdigkeit, erkannte er nicht einmal Ned Marcus. Er warf sich einfach dem Pistolenarm entgegen und riß ihn herunter.

Er wußte nichts über Pistolen. Wenn er überhaupt an eine Waffe dachte, dann an einen Schocker, und der Knall und der Schlag, der ihn tief unten in die Brust traf, warf ihn nur für einen Augenblick zurück. Es stellte sich noch kein Schmerz ein, und er klammerte sich verbissen fest, die Hände um Marcus' Hals geschlossen. Selbst am Rand der Erschöpfung hatte Arran noch eine letzte Kraftreserve aufzuweisen.

Er fühlte, wie der andere nachgab. Die Pistole fiel zu Boden. Er hörte nicht Mathis' Rufe; er hörte nicht, wie die Vibrationen erstarben und durch absolute Stille ersetzt wurden, noch fühlte er den winzigen Stich, als das Negationsfeld in die Räume zwischen den Atomen vordrang und Resonanzen erzeugte, die durch die gesamte Erde und ihre Atmosphäre zurückstrahlen würden. Er hörte nur ein Rauschen in seinen Ohren, stürzte und wurde ohnmächtig.

Landon war der erste, der die Schüsse hörte, doch als er durch den Korridor zurückgelaufen war, beugte sich Mathis schon über die beiden jungen Körper, die so eng nebeneinanderlagen. Marcus regte sich noch ein wenig. Er öffnete schmerzerfüllte, sterbende Augen.

»Negationsfeld ein ... Narren ... letzte Chance für die Erde ... wirklicher Ruhm ... verloren«, keuchte er, und seine Augen rollten zurück und fixierten etwas zwischen den Atomen dieser Welt.

Nun ertönten überall Rufe und Schritte; schnell sammelte sich eine Menschenmenge an, doch es dauerte noch eine oder zwei Minuten, bis sie erkannten, daß Arran noch lebte.

»Jemand soll einen Arzt holen!« rief Landon und kniete neben dem Jungen nieder.

»Zu spät, Clannon«, sagte Mathis mit sanfter Endgültigkeit. »Zu nah am Herzen.«

Arran war jetzt bei Bewußtsein, aber nur eben. Er murmelte etwas über den Lärm am Rand, dann klärte sich sein Blick. »Reidel«, sagte er mit heiserer, gequälter Stimme.

Reidel stützte den Kopf des Jungen mit der Hand, und sein Gesicht war grau vor Trauer und Schuld. »Ich hätte mit dir gehen sollen ...«

»Macht sich ... immer Sorgen über uns.« Arrans Kopf ruhte nun auf Reidels Knien. »Wollte noch sagen«, sagte er durch blutigen Speichel, »Cleta hat keinen Dreck um mich gegeben ... Ich war ...«

»Sprich jetzt nicht«, flüsterte Reidel und hielt seine Hand. »Es ist alles in Ordnung, mein Sohn.«

»Warum nennst du mich ... Sohn?« Arran atmete plötzlich nicht mehr. Er hustete; es war ein gewaltiges Husten, das seinen Brustkorb auseinanderzureißen schien und ihn in seinem eigenen Blut ertränkte. Er starb.

Reidel stolperte tränenblind zurück, und Landon nahm ihn am Arm und führte ihn in ein kleines Privatbüro. Er schob ihn auf einen Stuhl, und Reidel verbarg, von einem Schluchzen geschüttelt, das Gesicht in den Händen. Landon wußte, es war mehr als der Tod eines Freundes; es war der Zusammenbruch, der über ihm geschwebt hatte, seit die *Nordwind* im All explodierte und Reidel sich seiner Verantwortung für die sechs Fremden bewußt geworden war. Landon stand da; er fühlte und litt mit Reidel, ohne ihm helfen zu können. Dann war Cleta zur Stelle, und sie weinte in Reidels Armen, und Landon schlich auf Zehenspitzen hinaus und ließ sie allein.

»Er war der einzige von uns, der nach Hause wollte«, weinte Cleta, »und nun wird er niemals gehen.«

Erst nach einiger Zeit wurde Reidel klar, was sie gesagt hatte: Sie hatte niemals vorgehabt, ihn zu verlassen. Aber sie brauchten keine Worte, um zu wissen, daß sie die Welt nie wieder verlassen würden, auf der sie einander gefunden hatten.

Landon trug schwerer als alle anderen an dem schrecklichen Tod der beiden jungen Männer. Er dachte an Branzell, an Sylvia. Natürlich war kein Opfer zu groß, um die Rhu'inn aufzuhalten; aber das war nur ein kleiner Trost.

»Wenn sie doch nur nicht so verdammt jung gewesen wären!«

Als er neben den beiden leblosen Körpern niederkniete, sagte er, was Cleta gesagt hatte. »Armer Teufel, er wollte nach Hause, und nun wird er niemals gehen.«

Mathis drehte sich um, und sein verzerrtes Gesicht war plötzlich sanft. »Aber wir haben das Negationsfeld«, sagte er, »und der Planet ist offen. Arran hat diese Welt gehaßt, und er hat keinen von uns geliebt. Aber er war derjenige, der sie uns gegeben hat. Sehen Sie einmal aus dem Fenster, Beobachter.«

Landon schaute hinaus. Er sah die leichten, sanft schwebenden Kristalle des ersten Schnees dieses Winters. Zum ersten Mal seit zwanzigtausend Jahren umkreiste ein silbernes Schiff von den Sternen diese Welt und setzte sanft zur Landung auf einem Planeten an, der nicht mehr gesperrt war.